돈詩

이 도서의 국립중앙도서관 출판시도서목록(CIP)은 e-CIP홈페이지(http://www.nl.go.kr/ecip)와 국가자료공동목록시스템(http://www.nl.go.kr/kolisnet)에서 이용하실 수 있습니다.
(CIP제어번호: CIP2014029175)

돈에 울고
시에 웃다

돈詩

정끝별
엮고 해설

책을 펴내며

'살다[生]'에서 온 '산다'와 '사다[買]'에서 온 '산다'는 발음이 같다. 우리는 사면서 사는 존재들이고, 한발 나아가면 인생이 돈이기도 하다. "수단이 목적으로 상승한 가장 완벽한 예가 돈"이라 했던 이는 짐멜Georg Simmel이었고, "세상이 '신을 위하여'에서 '돈을 위하여'로 바뀌었다."고 개탄했던 이는 니체Friedrich Nietzsche였다. 인간이 만들어 낸 위대한 발명품 중 하나가 돈이었으나 오늘날 돈은 인간을 조종하고 지배하는 괴물이 되어 버렸다. 신의 자리를 대신한 돈이 세상을 지배하고 세상의 의미와 방향을 결정하게 되었다.

나는 이 '산다'라는 의미를 '쓰다'와 연결시켜 보고 싶었다.

'살다'의 짝패인 '쓰다[苦]', '사다'의 짝패인 '쓰다[費]'를, '생각하다'와 짝패인 '쓰다[作]'와 덧대 놓고 싶었다. 이른바 돈과 시詩!

돈이 자본주의의 꽃이라면, 시는 인간 정신 혹은 인간 언어의 꽃이다. 돈과 시가 '산다'로 압축되는 우리 삶의 꽃이라는 점에서는 그 뿌리가 같지만, 바라보는 방향은 반대 지점이다. 드물게 돈이 안 되는 것 중 하나가 시이고, 드물게 돈으로 안 되는 것 중 하나가 시이다. 그런 시에 인생을 거는 시인이란 대체로 돈 앞에서 무능하기 짝이 없고, 그럼에도 돈 앞에서 쉽사리 굽히지 않는다. 무능하기 때문에 무관해지고, 무관하기 때문에 무심해지고 자유로운 건지도 모른다. 어쨌든 돈에 대해 속수무책인 시와 시인은, 자본주의의 적敵이다. 그것도 강적强敵이다. 하여 시를 이 자본주의 사회의 마지막 보루, 시인을 자본에 대항하는 유나바머•라고 한다면 대책 없는 시인의 과대망상일까.

그래서일까. 언제부터인가 돈에 관한 시를 보면 통쾌했다. 속되다고 하는 것과 고상하다고 하는 것이 만나, 둘 중 하나가

• 1942년 시카고 태생의 천재 수학자이자 테러리스트 시어도어 카진스키. 과학기술의 진보와 현대 문명이 인류를 파괴한다고 믿었던 문명혐오주의자. '유나바머UnABomber'는 '대학교University와 항공사Airlines에 폭탄을 보낸 사람Bomber'이라는 뜻으로 미국연방수사국 FBI가 부르기 시작한 데서 유래한 별명이다.

서로인 척한다는 점에서 키치Kitsch라고나 할까. 그렇게 눈여겨 보기 시작한 시편들이 모이면서 이름하여 '돈-詩'라는 하나의 세계를 이루기 시작했다. 그러자, '아 이 돈-詩 안에서 인간과 사회와 자연을 다 얘기할 수 있겠군' 하는 확신이 들었다. 그리고 연재에 들어갔다.

이 책은 2013년 봄부터 2014년 가을까지 《경향신문》에 '돈-詩'라는 코너를 빌려 연재했던 내용을 바탕으로 엮은 것이다. 연재에 포함하지 않았던 시 두 편을 새로이 추가해 소개한다. 아울러 독자들과의 친근한 소통을 위해 계절을 앞세워 구성했으나, 눈 밝은 독자라면 읽어 낼 수 있는 요소들 또한 적지 않을 것 같다. 66편의 시들은 빈부 격차나 부의 불평등 구조, 돈을 둘러싼 일상과 가족 갈등, 돈에 대한 선망과 부정 축재 등 자본주의의 면면을 통찰하고 비판하는가 하면, 돈의 의미를 탐구하고, 돈과 반대편에 선 가난의 풍요로움을 노래하기도 한다. 적나라한 돈의 액수와 세목을 서술적으로 드러내는가 하면, 자연이나 사물, 이야기에 빗대어 비유하기도 한다. 교훈적이거나 계몽적인 목소리를 높이는가 하면, 일기나 고백처럼 묘사하거나 서정화하기도 한다.

그때마다 나는 시인으로서 추임새를 넣으며 한발 앞서 달려 나가기도 하고, 평론가로서 해설과 해석의 틈새를 오가며 숨은 뜻을 풀어내기도 하고, 연구자로서 의미와 가치와 분석의 지점에서 생각을 모으기도 했다. 시의 결을 따라가며 돈에 대해 갈급해 하다가 자포자기하다가 한없이 느긋해지기도 했다. 나로서는 돈에 대한 가치와 한계를 가늠하는 계기가 되기도 했다. 장식적이고 환상적이고 기이한 미적 원리를 선호하는 최근 시들에 비하면 여기에 실린 시들은 일견 투박하다. 그러나 일상적이되 존재론적이고, 익숙하되 심오하며, 비판적이되 뜨겁다. 이 시들을 통해 우리 사회의 밑뿌리와 거기서 비롯되는 증상들을 읽어 내는 일은 즐겁기도 했다.

우리는 호모 이코노미쿠스에서 한 단계 더 고착된 '호모 머니쿠스'다. 이런 시대일수록 돈으로 수렴되지 않는, 돈으로 환원될 수 없는 영역을 상상해 보는 것이야말로 작은 혁명이다. 자본주의의 바깥' 아니 '돈의 바깥'에서 사유하고 살아가는 사람들이 많을수록 그 사회는 민주주의에 가까울 것이라고 나는 믿는다. 돈은 반드시 있어야 하는 것이지만, 돈보다 중요한 것이 없는 삶은 얼마나 비루하고 염치없는 삶이겠는가. 돈-詩들이 출발하는 지점이다.

생각해 보니 나도 돈-詩를 썼던 적이 있다. 마흔을 갓 통과한 직후였을 것이다. 그때 나는 돈이 무서웠고, 돈을 뱀보다 더 무서워했던 어릴 적 동네 바보 '종백이'에게서 내 징후를 읽어냈다. 소리로만 기억되는 '으씀보씨'라는, 돈의 다른 이름을 떠올리면서 나는 바보 '종백이'이야말로 돈의 괴력을 가장 잘 알고 있었던 현자賢者가 아니었을까 싶었다. 마흔 넘어 돈에 대해 결핍을 느끼던 그때, 이미, 나는 어느덧 '종백이' 편이 되어 있었던 게다.

내 어릴 적 까치머리 껑충 키에 말더듬이 종백이, 전쟁 때 그리 되었다는 마흔 총각쟁이 종백이, 골모실 너머 외딴집에 혼자 살던 모질이 종백이, 상가나 잔칫집에 어김없이 나타나 군불 때고 물 져 나르다 막걸리 한잔 얻어 마시면 하라는 짓궂은 짓 죄다 하던 종백이, 고추 보자면 시커먼 말 거시기 같던 물건 꺼내 보여 주던 종백이,

종백이가 제일 무서워한 게 으씀보씨였는데, 그게 바로 돈귀신이었는데, 어쩌다 품삯이라도 받을라치면 으으씀보씨 으으씀보씨 하며 벌레 다루듯 나무토막에 돌멩이로 눌러 들고 가서는, 그 돈들 죄다 툇마루 밑 흙구덩에 밀어 놓고 큰 돌로 눌러 놓곤 했는데, 조무래기들이 손댈라치면 이이거 만지면 요요기 붙은 으으씀보씨가 니니들 몸에 들어가 아아프게 한다며 기겁 손사래 치던 종백이, 얼결에 돈 한 번 만지고 열흘을 으으씀보씨으으씀보씨 앓던 종백이,

일본의 엄지동자 '잇슨보시一寸法師'를 읽다 느닷없이 떠오른 종백이, 종백이가 무서워했던 그 으씀보씨가 잇슨보시 아니었을까 생각하다, 그게 또 종백이의 의심보쌈이었으니 잇슨보시 의심

보쌈 으씀보씨 되뇌어 보다, 흙구덩에 돌로 눌러두었던 그때 그 으씀보씨 다 어쨌을까 생각하다, 그때 만졌던 그 으씀보씨 여태 내 몸 들쑤시고 다니나 생각하다, 여태 종백이 살아 있을 리 없다고 생각하다,

– 졸시, 〈으씀보씨〉 전문

2014년 가을에 정끝별 쓰다

차례

春

여름 夏

가을 秋

겨울 — 冬

봄 春

벚꽃도 노점도 죄다 생계형이다.
꽃피는 철이면 실업률이
잠시 낮아지는 까닭이다.

꽃들은 제 흥에 겨워 저절로 터지고
누군가는 꽃구경에 봄바람 들고
또 누군가는 꽃그늘에
생업의 좌판을 펼쳐 놓는 것

봄날은 그런 것.

귀여운 채귀債鬼 도화陶畵 1

김상옥

사슴이 삼蔘꽃을 먹고 덤불에 숨어 똥을 눈다.

똥 속에 섞인 삼蔘씨가 뿌리를 내린다. 휘두른 귀얄 자국 위에 애기 손바닥 같은 삼蔘잎이 돋아난다. 이 귀여운 손바닥은 빚 갚아라, 빚 갚아라, 재촉을 한다. 몇 세기世紀를 두고도 갚지 못할 빚을—어쨌든 빚 갚아라, 빚 갚아라, 재촉을 한다.

인제는 씨도 뿌리도 다 말라 버렸는데 그날의 삼蔘꽃은 언제 피나?

>>>

악착齷齪같이, 아귀餓鬼같이, 독촉하는 빚쟁이가 '채귀債鬼'다. 옻칠을 하거나 풀을 바를 때 쓰는 붓이 귀얄이고 그 붓질 자국이 '귀얄 자국'이다. 어느 도공이 돼지털 말총 귀얄에 백토 반죽을 듬뿍 찍어 도자기에 휘두르듯, 봄을 위해 어마어마한 귀얄을 휘둘러 이 땅에 기운생동한 귀얄 자국을 내는 이 누구인가. 그 고랑에서 사슴이 삼꽃을 먹고 똥을 누면 그 똥 속에 섞인 삼씨가 뿌리를 내려 아기 손바닥 같은 삼잎이 돋거늘, 이 삼삼한 소색임(속삭임)으로 빚 갚아라, 빚 갚아라 재촉하는 삼잎이 바로 채귀다. "몇 세기를 두고도 갚지 못할 빚"이라니 자연의 빚이고 계절의 빚이고 시간의 빚이겠다.

생생 돋는 삼잎에게 봄날의 삼라만상은 다 채무자다. 비, 바람, 햇살이 삼잎에게 알랑 떠는 이유다. 삼잎의 이 빚 재촉은 "심 봤다!"며 절 받았던, 언젠가의 산삼 뿌리로 꿔 줬던 원금 탓일 것이다. 한두 세기 지나 귀한 삼뿌리가 될 심산에 더 재촉일 것이다. 요렇게 귀하고 귀여운 채귀들이 우후죽순 돋아나는 봄의 빚이라면 파산 직전의 만성 채무자여도, 회생 불능의 신용불량자여도 좋겠다. 삼꽃도 사슴도 삼잎도 없이, 마이너스 통장과 카드 할부와 융자 빚의 재촉만이 울울창창한 봄날에는 더더욱.

모든 순간이 꽃봉오리인 것을

정현종

나는 가끔 후회한다.

그때 그 일이

노다지였을지도 모르는데……

그때 그 사람이

그때 그 물건이

노다지였을지도 모르는데……

더 열심히 파고들고

더 열심히 말을 걸고

더 열심히 귀기울이고

더 열심히 사랑할걸……

반벙어리처럼

귀머거리처럼

보내지는 않았는가,

우두커니처럼……

더 열심히 그 순간을

사랑할 것을……

모든 순간이 다아

꽃봉오리인 것을,

내 열심에 따라 피어날

꽃봉오리인 것을!

>>>

황금광맥, 일확천금, 인생역전, 일장춘몽이 우르르 딸려 나와서일까. 노다지라는 말은 우리를 울렁이게 한다. 근대 조선에 금광 개발이 시작되던 시절, 금덩이가 발견되면 미국인들이 다급히 외쳤던 "노터치no touch"를 노다지라 들었던 데서 노다지가 유래했다는 설說이 있다. 경상도 말로 '노다지'는 '언제나'라는 말이기도 하다. 그래서일까. 노다지, 노다지, 되뇌노라면 노다지 캐러 가자고 말 건네고 싶어지고 이다지 노다지 꽃다지 캐러 가자, 그다지 마구다지 도라지 캐러 가자,가 노래처럼 입에 따라붙곤 한다.

"모든 순간이 다아" "내 열심에 따라 피어날/ 꽃봉오리"다. 그 꽃봉오리들 다아 노다지다! "사랑할 시간이 많지 않"으니(〈사랑할 시간이 많지 않다〉) 모든 순간을 꽃 본 듯이 해야 하고 "더 열심히 그 순간을/ 사랑"해야 한다. 그러니 세상에서 제일 부자는 매순간 노다지를 캐는 사람이고, 세상에서 제일 행복한 사람은 늘 지금의 꽃봉오리를 따는 사람일 게다.

"마악 피어나려고 하는/ 꽃송이,/ 그 위에 앉아 있는 지금,"(〈이게 무슨 시간입니까〉), 바로 지금, "지층의 금과도 같은/ (아, 노다지를 찾았다!)"(〈몸을 꿰뚫는 쓰라림과도 같은〉)고 외칠 수 있기를.

원고료 어머니학교 11

이정록

요샌 글이 통 안 되냐?

먼저 달에는 전기 끊는다더니

요번 달에는 전화 자른다더라.

원고료 통장으로 자동이체 했다더니

며느리한테 들켰냐?

글 써 달란 데가 아예 없냐?

글삯 제대로 쳐 줄 테니까

어미한테 다달이 편질 부치든지.

글세를 통당 주랴?

글자 수로 셈해 주랴?

>>>

시인의 '엄니'는 칠순의 '농사 천재'이시다. 시인의 고향인 충남 홍성 황새울에서 고추나 고구마 등속을 농사지으며 홀로 지내신다. 시인은 밥벌이 터인 천안에서 홍성을 오가며 "세상 모든 말의 뿌리는 모어母語"이기에 어머니가 불러 주시는 입말을 옮겨 적기만 해도 시가 된다며 큰 자랑이다. 그러니 세상 모든 어머니가 생명학교이자 어머니학교이고, 인생학교이자 시인학교이겠다.

가격을 물으면 "알아서 주구 가유."라고 했다가 작정한 가격에 못 미치면 "냅둬유, 개나 주쥬." 하는 게 충청도 화법이란다. 애매하고 모호한 게, 마음을 헤아려 달라고 은근슬쩍 한 자락 까는 화법이, 꼭 시 같다. 이 시도 언뜻 보면 용돈 안 부치냐, 마누라랑 싸웠냐, 전화 자주 혀라, 라는 말 같지만 한 번 더 새겨듣고 헤아려야 한다. 실은 사는 게 힘에 부치냐, 마누라한테 잘혀라, 나 돈 많으니 내 걱정 말어라, 힘내서 글 많이 써라 당부하시는 말씀이다. 이것이 쓰리쿠션으로 돌아드는 충청도 엄니의 입말이다.

엄니, 엄마, 어무이, 오마니, 어매, 어멍, 그리고 어머니는 세상의 옴[唵]이자 오메가Ω요, 오매불망의 오묘 그 자체다. 침이고 땀이고 눈물의 근원인, 세상의 몸[體]이고 맘마[食]이고 맘[心]이고 말[言]이다. 그러니 어버이날은 세상의 개교기념일이자 홈커밍데이다. 폐교하시기 전 연체된 수업료 조금이라도 갚으며 살아야겠다.

아버지

박남철

1

아버지

아버지 아버지

아버지 아버지 아버지

아아

아버지 돈 좀 주세요 머라꼬

돈 좀 주 니 집에 와서 슨 돈이 벌써 얼맨 줄 아나

8마넌 돈이다 8마넌 돈 돈 좋아요

저도 78년도부텀은 자립하겠읍다

자립 니 좋을 대로 이젠 우리도

힘없다 없다 머 팔께 있어야제

자립 78년부텀 홍 니 좋을 대로
근데 아버님 당장 만 원은
필요한데요 아버님 78년도부터

당장 자립하그라

2

뭐요 니기미이 머 어째 애비 보고
니기미라꼬 니기미이 말이
그렇다는 거지요 야아 이

자알 배왔다 논
팔아 올레서 돈 들에 시긴

공부가 게우 그 모양이냐 말이
그렇다는 거지요 예끼 이 천하에

소새끼 같은

아버지 천하에
소새끼 같은 아버지
고정하십시요 야아 이 놈아

아버지

3

어젯밤에도 또 아버지 꿈을 꾸었다 아버지는

찬물에 밥을 뚜욱뚝 말아 드시면서 시커멓고 야윈
잔기침을 쿨럭쿨럭 하시면서 마디마디 닳고 망가진
아버지도 젊었을 적에는 굉장한 난봉꾼이셨다는데

꿈속에 또 꿈을 꾸었는데 아 젊은 아버지와
양장을 한 어머니가 참 보기에 좋았다 젊은
어머니는 아버지에게 한창 애교를 떨고 있었고
아 참 보기에 좋았다 영화처럼 사이좋게

나는 전에 그런 광경을 결코 본 적이 없었다

5000
1000
50000
10000

>>>

'이놈저놈'에 '소새끼'나 '니기미' 등속까지 오갔으니, 어둠과 함께 밀려오는 서로에 대한 혹은 스스로를 향한 긴 연민과 반성과 회한은 당연지사였을 것이다. 무능한 아들과 가난한 아버지의 갈등은 어제오늘 일이 아니고 또 그들만의 일도 아니다.

대학 공부까지 하고도 아버지에게 기생하는 백수 아들과, 그 아들을 대학까지 공부시키느라 논 팔고 밭 팔고 이것저것 다 팔았건만 이제는 늙어 가는 아들 용돈까지 대 줘야 하는 이미 늙어 버린 아버지. 아들과 아버지는 제 목소리를 드높이면서 서로의 말에 침입한다. 말과 말, 아니 악다구니와 악다구니가 뒤섞이고 겹치면서 서로의 말을 끊고 또 잇고 있다. 듀엣의 랩처럼, 비트처럼, 치고받는 말들 속에는 블랙 현실과 블랙 유머가 있다.

1977년도에 그랬던 아들이 지금은 아버지가 되어, 예전의 아버지 대사를 멀쩡한 백수 아들에게 다시 하고 있다. "머라꼬" "이젠 우리도 힘없다" 운운. 취업, 연애, 출산을 포기하는 '삼포 세대'에서 일자리, 소득, 집, 연애(결혼), 아이, 미래(희망)가 없는 '육무 세대'로 심화·확대되는 백수 전성시대에, 대한의 청년 백수들에게도 "당장 자립"의 기회가 오기를, 당장은 아니더라도 하루빨리 자립할 수 있기를.

재회

고은

내가 네 번째 감옥에서 나온 뒤
그러고도 연금당한 날
나는 열 살쯤의 아이로
돈 천 원짜리에 새 한 마리를 그렸다
그것을 다른 돈과 함께 썼다

6년이 지났다
1998년 2월 16일
새 그린 천 원짜리가
나에게 돌아왔다

경기도 안성에서 썼던 것이
바다 건너

제주도 KAL 호텔 앞 술집에서 나에게 돌아왔다

나—야 네가 웬일이냐

돈—오랜만이다

>>>

"이담에 커서 슈퍼마켓 주인이 될 거야, 사람들이 다 돈을 가져다 주잖아."라고 말하는 다섯 살배기는 돈이 돈다는 걸 모른다. 돈에 낙서하다 돈을 가위질하다 돈을 내버리는 세 살배기는 아예 돈을 모른다. 감옥과 가택연금의 연속이었다면 돈과 자유로부터 가장 멀리 있었을 게다. 돈으로부터의 소외가 자유로부터의 소외이자 자유의 감옥이었을 게다. 열 살쯤의 아이가 되어 천 원짜리에 새를 그린 까닭일 것이다.

돈을 새처럼 풀어 주었더니 경기도 안성에서 쓴 돈이 제주도 한 술집에서 나에게 돌아왔다. 이렇게, 돌고 돌아서 돈이란다. '돈줄이 막힌다', '돈줄이 탄다', '돈독이 오른다'는 말은 돈이 돌지 못할 때의 악전고투를 이르는 말이다.

지혜로운 자는 돈을 풀어 되돌아오게 하고 돈으로 하여금 쫓아오도록 한다. 어리석은 자는 돈을 움켜쥐고 돈을 쫓아다닌다. 돈에 날개나 신발이나 바퀴 등을 그려 풀어 놓자. 그리고 기다려 보자, 돌고 돌다 어떤 모습으로 되돌아오는지를. 또 다른 감옥인 돈의 수레바퀴 안에는 어떤 인연의 사슬이 돌고 도는지를.

밥값

정호승

어머니
아무래도 제가 지옥에 한번 다녀오겠습니다
아무리 멀어도
아침에 출근하듯이 갔다가
저녁에 퇴근하듯이 다녀오겠습니다
식사 거르지 마시고 꼭꼭 씹어서 잡수시고
외출하실 때는 가스불 꼭 잠그시고
너무 염려하지는 마세요
지옥도 사람 사는 곳이겠지요
지금이라도 밥값을 하러 지옥에 가면
비로소 제가 인간이 될 수 있을 겁니다

>>>

밥을 먹는 데 드는 값이 '밥값'이고, 먹은 밥만큼의 일이나 대가가 '밥값'이다. 인풋in-put과 아웃풋out-put의 관계에서 원가 혹은 본전을 가늠하는 말이기도 하다. 그러니 인간에게 밥값이란 "인간이 될 수 있"는 제값이며, 이 제값을 위해서는 "지옥에 한번 다녀"와야 한다.

인간은 고통 속에서 태어나 고통의 바다에 살고 있거늘, 밥값의 시작이 지옥이고 밥값의 현장이 지옥이다. '인생의 바닥'이 지옥이랬거니, '나는 누구이며 나는 인간다운 삶을 제대로 살아 왔는가'를 성찰하기 위해서는 그 바닥에 닿아야 한다. 시인은 값진 시를 쓰고 노동자는 값진 노동을 하고, 위정자는 위정자답게 장삼이사는 장삼이사답게 제몫의 밥값을 하는 그런 사회가 건강할 것이다.

밥값보다 싼 게 목숨값이고 밥값보다 비싼 게 커피값이고 술값인 세상이다. "돈과 사람을 구별하지 못하고/ 허둥지둥 살아"간다면, "더 이상 인간에게서/ 성자가 나오지 않"(〈바다의 성자〉)을 것이다. 비록 "인생은 나에게/ 술 한잔 사 주지 않"(〈술 한잔〉)더라도, 인간으로 태어났으니 소나 염소들이 하는 꼴여물값을 할 수는 없는 일이다. '밥'처럼 뜨시뜨시하고 '값'처럼 값진, 인간 제 몫의 밥값을 하며 사는 날이기를.

한국생명보험회사 송일환씨의 어느 날

황지우

1983년 4월 20일, 맑음, 18℃

토큰 5개 550원, 종이컵 커피 150원, 담배 솔 500원, 한국일보 130원, 짜장면 600원, 미스 리와 저녁식사하고 영화 한 편 8,600원, 올림픽 복권 5장 2,500원.

표를 주워 주인에게 돌려
준 청과물상 金正權(46)

령=얼핏 생각하면 요즘
세상에 趙世衡같이 그릇된

셨기 때문에 부모님들의 생

활 태도를 일찍부터 익혀 평

가하는 것이 더욱 중요한 것

이다. (李元柱군에게) 아

임감이 있고 용기가 있으니

공부를 하면 반드시 성공

대도둑은 대포로 쏘라

— 안의섭, 두꺼비

(11) 第 10610 號

▲일화15만엔(45만원)▲5.75캐럿물방울다이어1개(2천만원)▲남자용파텍시계1개(1천만원)▲황금목걸이5돈쭝1개(30만원)▲금장로렉스시계1개(1백만원)▲5캐럿에머럴드반지1개(5백만원)▲비취나비형브로치2개(1천만원)▲진주목걸이꼰것1개(3백만원)▲라이카엠5카메라1대(1백만원)▲청자도자기3점(싯가미상)▲현금(2백 50만원)

너무 巨하여 귀퉁이가 잘 안 보이는 灰의 왕궁에서 오늘도 송일환 씨는 잘 살고 있다. 생명 하나는 보장되어 있다.

>>>

이 시는《한국일보》1983년 4월 20일자 신문('제10610호')을 옆에 놓고 읽기를 권한다. 4·19 혁명 기념일 다음 날의 날씨는 맑은 '십팔 도씨'다. 이즈음 사회면 톱기사는 정부 고위층 집들만 털다가 검거된 대도大盜 조세형 사건이었다. 3연부터 7연까지는 사회면 기사를 그대로 인용했다. 당시 신문은 세로쓰기였던 바, 사회면 왼쪽 끝 5단段의 기사 두 줄씩을 5연으로 나열했다. "(수)표를 주워 주인에게 돌려/ 준 金正權(46)"이나 "(책)임감이 있고 용기가 있으니/ 공부를 하면 반드시 성공"할 '李元柱군'과 같은 평범한 사람들을, "趙世衡같이 그릇된" 사람으로 만드는 우리 사회의 부조리한 단면을 우연하게, 그러나 절묘하게 포착했다.

2연의 소소한 소시민의 생활비목 및 가격은, 10연의 조세형 장물 목록 및 시가와 대조된다. 장물들은 정부 최고위층 집에서 훔친 것들이었는데 정작 도둑맞은 사람들은 신고도 못한 채 쉬쉬거렸고 '대도둑'의 진술에도 불구하고 검찰조차 축소 수사를 했으니, 결과적으로 그 장물들은 장물이 되기 전에 이미 장물이었던 셈이다. 인용된 시사만화 안의섭의 〈두꺼비〉에는, 조세형은 의로운 '대도둑'이니, 정작 총으로 쏴서 체포해야 할 사람은 도둑맞은 사람들이라는 민심이 담겨 있다. 그러나 정작 경찰로 상징되는 공권력 앞에서는 '권총' 대신 "대포로 쏘라"고 말하는 약자의 아이러니는 유쾌하다. 시인의 말처럼 시란 "표현할 수 없는 것, 표현 못하게 하는 것을 표현하고 싶어 하는 욕구와 그것에의 도전으로부터 얻어진 산물"이기도 한 것이다.

꽃 피는 경마장

함민복

경마장으로 건너가는 애마교 입구
비상하는 청동마상 두 필
앞발이 허공을 힘차게 딛고 있는

그림자 밟으며
모든 비상의 첫발은 허공을 짚는 것이라고
희망에 중독된 사람들 우르르 몰려간다

정보지를 뒤적이며
지갑을 점검하며
걸인의 바구니에 반짝 동전을 떨구며

주차장 사이사이

한 나무가 수백 나무 꿈꾸는

고배당 노리는 벚꽃 화사하다

>>>

경마 앞에 장사 없고 무쇠도 녹인다는 경마장. '경마공원' 역 2번 출구는 '애마교愛馬橋'와 맞닿아 있다. 애마교 건너 '꿈으로路'를 지나면 청동마상이 있다. 인간을 태우고 비상하는 그 청동마상을 향해 위풍당당 애마교를 건너갔다가 고개를 땅에 묻고 애마교를 건너와 지하로 스며드는 사람들. 이 애마교에는 배짱 베팅의 배틀로 말달렸던 그들의 애환과 애증이 배어 있다. '한 방'의 요행을 찾아 우르르 달려가는 곳. 중인환시의 벌건 눈으로 희망의 프로포폴을 맞는 곳, 천당을 꿈꾸다 나락으로 추락하는 곳, 이것이 경마장의 '현대레알사전'이다.

"자본주의의 명함은 지폐다"(〈명함〉)! 지폐의 놀이터는 경마장, 경마장의 명함은 고배당의 벚꽃, 그러므로 자본주의의 명함은 봄 벚꽃이다! 죄다 '한 방'에 중독된 채 그 앞발을 허공에 딛고 있는 것들이다. 그렇다면 우리의 벚꽃 구경은 고배당을 열망하는 욕망이 투사된 걸까? '한 방'의 벚꽃이 고배당으로 터지고 있다. 은행과 증권이 몰려 있는 여의도 벚꽃들이 하 수상한 봄날이다.

무산 심우도霧山尋牛圖 10. 입전수수入廛垂手

무산 조오현

생선 비린내가 좋아
견대 차고 나온 저자

장가들어 본처는 버리고
소실을 얻어 살아 볼까

나막신 그 나막신 하나
남 주고도 부자라네.

일금 삼백 원에 마누라를 팔아먹고
일금 삼백 원에 두 눈까지 빼 팔고
해 돋는 보리밭머리 밥 얻으러 가는 문둥이어, 진문둥이어.

\>>>

심우도尋牛圖는 '소'로 비유되는 불성佛性을 찾아가는 수행 과정을 열 장의 그림으로 표현한 것으로, 목우도牧牛圖 또는 십우도十牛圖라고도 한다. 그 마지막 대승의 장이 '입전수수立廛垂手(저자에 손을 드리우다)'다. "삶도 올가미도 없이/ 코뚜레를 움켜 잡고/ 매어 둘 형법形法을 찾아 헤맨 걸음 몇 만보냐"(〈무산 심우도 4. 득우得牛〉)를 거쳐서, 견대든 전대든 돈 자루 차고 "생선 비린내" 나는 저잣거리에 다시 돌아오는 것, 하여 여자를 취하고 마지막 나막신까지 남 주고 "일금 삼백 원"에 "마누라"와 "두 눈"까지 팔아먹고(저잣거리의 시작이 돈이고 끝도 돈이다!) 비로소 탁발하는 문둥이가 되는 것, 설악 무산 큰스님이 시조 형식으로 표현한 입전수수의 진풍경이다.

일체의 번뇌와 생사와 속박과 애증과 갈등의 뿌리인 "마누라"와 "두 눈"까지 다 팔아 버렸으니 분별이 없고 막힘이 없을 것이다. 그물을 찢고 자유를 얻는 금빛 물고기[錦鱗]와 같을 것이다. 이쯤 되면 고덕대승과 속인, 정상인과 병자, 산문과 세속, 형법과 파탈의 경계는 무의미하리라. 이름 하여 생멸불이生滅不二의 "진문둥이", 승속일여僧俗一如의 "아득한 성자", 본래면목本來面目 참나의 부처가 아닐지. 속된 머리로 큰 도량 헤아리기 어려우나, 군맹무상群盲撫象하건대 그게 바로 부처님이 이 땅에 오셨던 뜻이 아닐지.

봄밤

김사인

나 죽으면 부조돈 오마넌은 내야 돼 형, 요새 삼마넌짜리도 많던데 그래두 나한테는 형은 오마넌은 내야 돼 알었지 하고 노가다 이아무개(47세)가 수화기 너머에서 홍시냄새로 출렁거리는 봄밤이다.

어이, 이거 풀빵이여 풀빵 따끈할 때 먹어야 되는디, 시인 박아무개(47세)가 화통 삶는 소리를 지르며 점잖은 식장 복판까지 쳐들어와 비닐봉다리를 쥐어주고는 우리 뽀뽀나 하자고, 뽀뽀를 한번 하자고 꺼멓게 술에 탄 얼굴을 들이대는 봄밤이다.

좌간 우리는 시작과 끝을 분명히 해야 혀 자슥들아 하며 용봉탕집 장사장(51세)이 일단 애국가부터 불러제끼

자, 하이고 우리집서 이렇게 훌륭한 노래 들어보기는 츰이네유 해쌓며 푼수 주모(50세)가 빈 자리 남은 술까지 들고 와 연신 부어대는 봄밤이다.

십이마넌인데 십마넌만 내세유, 해서 그래두 되까유 하며 지갑들 뒤지다 결국 오마넌은 외상을 달아놓고, 그래도 딱 한 잔만 더, 하고 검지를 세워 흔들며 포장마차로 소매를 서로 끄는 봄밤이다.

죽음마저 발갛게 열꽃이 피어
강아무개 김아무개 오아무개는 먼저 떠났고
차라리 저 남쪽 갯가 어디로 흘러가
칠칠치 못한 목련같이 나도 시부적시부적 떨어나졌

으면 싶은

이래저래 한 오마넌은

더 있어야 쓰겠는 밤이다.

>>>

꽃잎 지고 초록 여무는 봄이다. 바람 불고 향기 날리는 밤이다. 달빛 곱고 꿈도 많으니 싱숭생숭한 봄밤이다. 땅이 풀렸으니 "죽음마저 발갛게 열꽃"으로 피었다 지는 봄이고 "칠칠치 못한 목련같이 나도 시부적시부적 떨어나졌으면 싶은" 밤이다.

누군가는 고단함에 홍시처럼 취해 "나 죽으면 부조금"을 운운하고, 누군가는 술에 탄 얼굴로 "뽀뽀나 한번"의 화통 같은 축하를 전하기도 하고, 누군가는 술집에서도 "일단 애국가부터 불러제"낀 후 권커니 잣거니 하고, 누군가는 "딱 한 잔만"의 검지를 세우며 소매를 끄는, 봄술 만발한 밤이다. 봄밤은 좀 그래도 된다는 듯, 그래야 좀 봄밤답다는 듯, 취흥과 취정이 넘실대는 봄밤이다.

"닿을 듯 닿을 듯 닿지 못하고// 저물녘 봄날 골목들// 빈손만 부비며 돌아오"(〈춘곤〉)더라도, 꽃 본 듯 봐야 할 사람 많으니 "이래저래 한 오마넌은 더 있어야 쓰겠는" 봄밤이다. 이 시가 발표된 지 칠팔 년이 지났고 물가도 오르고 이제 낫살도 좀 먹었으니, 아리고 달큰한 요 봄밤을 제대로 보내 주려면 암만 혀도 한 '칠팔마넌'은 있어야겠는 봄밤이다, 암만!

땅

안도현

내게 땅이 있다면

거기에 나팔꽃을 심으리

때가 오면

아침부터 저녁까지 보랏빛 나팔 소리가

내 귀를 즐겁게 하리

하늘 속으로 덩굴이 애쓰며 손을 내미는 것도

날마다 눈물 젖은 눈으로 바라보리

내게 땅이 있다면

내 아들에게는 한 평도 물려주지 않으리

다만 나팔꽃이 다 피었다 진 자리에

동그랗게 맺힌 꽃씨를 모아

아직 터지지 않은 세계를 주리

>>>

아버지 산소 둘레에 산목련 묘목을 심은 후 서비스처럼 뿌려 둔 나팔꽃 씨들, 지금쯤 한 꽃대마다 두세 개씩 꽃눈들을 틔워 내고 있겠다. 이제 곧 한 소식 알리는 아침 나팔처럼 둥근 꽃잎들 피워 올리겠다. 하양도 좋고 보라도 좋고 분홍도 좋겠다. 아버지는 내게 땅이나 돈 대신, 세상에 하나밖에 없는 이름을 주셨고 근기根基있는 두 발과 멀리 볼 수 있는 두 눈을 주셨다.

부를 대물림하기보다 아름다운 기부를 선택하는 부자들 얘기를 심심찮게 접하곤 한다. 정문술 전 카이스트KAIST 이사장이 2001년 215억 원에 이어 300억 원을 카이스트에 기부했다는 기사를 본 건 2014년 초였다. 평소 "유산은 독毒이다"라고 생각했던 정 전 이사장은 기부한 뒤 "재산을 자식에게 상속하지 않고 기부함으로써 '부를 대물림하지 않겠다'는 나와의 약속을 지켰다. '돈과의 싸움'에서 이겼다."고 말했다고 한다.

이 시를 나는 이렇게 바꿔 읽는다. "내게 돈이 있다면// 내 딸들에게는 한 푼도 물려주지 않으리/ 다만 돈이 들었다 난 자리에 생긴 굳은살과 고인 땀을 모아// 세상을 밝힐 든든한 힘과 지혜를 주리." 돈에 대한 '으리으리'한 의리란 이런 것! 가을이 오면 까맣게 여문 나팔꽃 씨를 받아 두듯, 돈보다 더 아름다운 것들의 씨앗을 받아 두자. '아직 터지지 않은 세계'를 틔워 줄 씨앗들을 받아 두자.

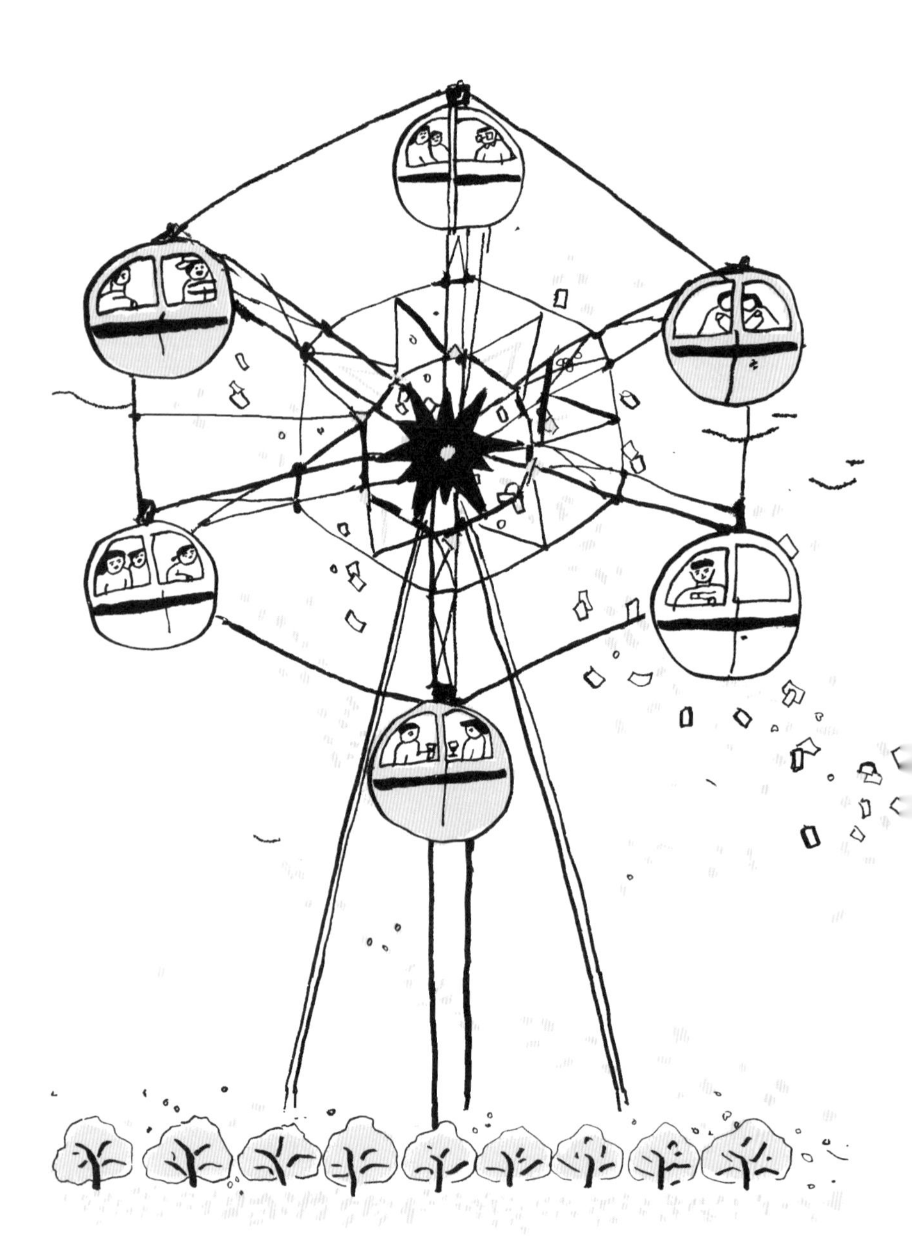

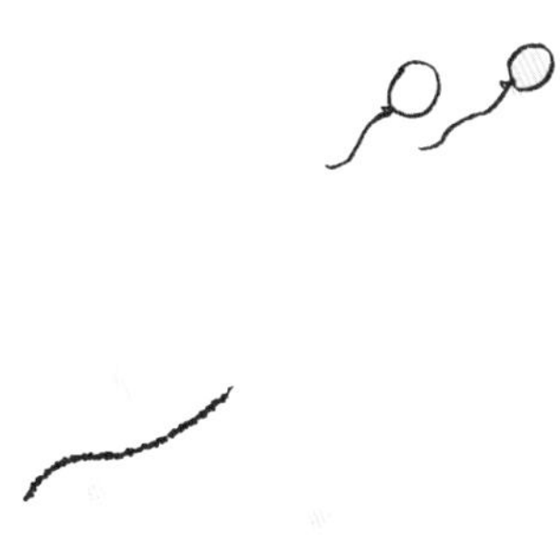

와룡마을

노향림

그 마을의 남자들은 늘 유유자적이다.
바닷일도 밭일도 모두 여자들의 몫이다.
일을 피해 집을 나온 노인들은 팔각 정자에서
아침부터 윷놀이에 열중한다.
얼씨구, 도 잡고 걸, 100원짜리 동전 내기에
이들은 점심도 굶고 해 질 녘까지 놀고들 있다.

꽃 피고 아지랑이 핀 봄날 누가 집에 앉아 있간디,
집에만 가면 밥맛 싹 달아나 부러, 최 영감이 한마디
한다.
오늘도 아내가 리어카를 끌고 바닷가에 나가
굴딱지 더미를 가득 실어 와 손톱 닳도록
굴 까기에 여념이 없을 텐데 아예 아랑곳 않는 투다.

해가 지자 노인들은 마을회관 스피커에서 흘러나온
아리랑 몇 대목을 따라 부르며 마지못해 일어선다.
동전을 제법 많이 따 호주머니가 두둑해진 최 영감은
집보다 '호박다방'에 가 목부터 축이자고 한다.
점심 굶은 일행은 먼저 붕어빵 가게로 몰려간다.
배가 고픈 길에 붕어빵을 열심히 나눠 먹는다.

저마다 후루룩 소리를 내며 커피 맛 좋다고
젊은 마담에게 한마디씩 하는데 갑자기
문창 밖으로 낯익은 아낙의 목소리가 들린다.
오메, 남은 뼈 빠지게 굴 까는데,
영감 돈이 썩어나서 커피 사 묵어?

그의 아내가 최의 귀때기를 잡고 끌고 나간 것은 잠깐이었다. 남은 노인들은 날마다 보는 풍경이라는 듯 커피를 마저 마신다 다방 안은 다시 조용하다.

>>>

숱한 와룡마을 중 내가 아는 와룡마을은 산과 논밭에 이어 개펄과 바다가 펼쳐져 있다. 바다를 간신히 빠져나온 용이 산을 오르다 말고 드러누운 형상의 마을이라서 그 이름이 와룡臥龍이다. 80여 가구 남짓한 대부분이 60대 중반을 훌쩍 넘은 고령화 마을인데도, 바닷일 반 농사일 반으로 사계절이 분주하다. 하나 그 분주함은 오롯이 할머니들 몫이다. "꽃 피고 아지랑이 핀 봄날", 할머니들은 아침부터 "리어카를 끌고 바닷가에 나가" 손톱이 닳도록 굴을 까고, 할아버지들은 "팔각정자"에서 동전 내기 윷을 논다. 다방 출입에 군입질, 이것도 심심하면 고기 구워 소주 한잔 돌리다 낮잠 한숨 푹 자는 그야말로 상팔자 할아버지들이다.

'와룡'이라는 이름을 떠받들 듯 이 마을 남자들은 빈둥빈둥 드러누워 산다. 한평생을 그리 노세 노세 했었다는 듯, 늙어서까지 노는 품새가 참 호기롭다. 하나 품새와 사세는 다른 법. 세상은 "뼈 빠지게" 돈을 번 자들의 손아귀를 벗어날 수 없는 법. 할머니가 할아버지의 "귀때기를 잡고 끌고 나간 것은/ 잠깐이었다. 남은 노인들은 날마다 보는 풍경이라는 듯/ 커피를 마저 마신다 다방 안은 다시 조용하다." 암만 봐도, 이 다반사 풍경은, 마을 이름에서 연유한 것이지 싶다.

벚나무 실업률

손택수

해마다 봄이면 벚나무들이
이 땅의 실업률을 잠시
낮추어 줍니다

꽃에도 생계형으로 피는
꽃이 있어서
배곯는 소리를 잊지 못해 피어나는
꽃들이 있어서

겨우내 직업소개소를 찾아다니던 사람들이
벚나무 아래 노점을 차렸습니다
솜사탕 번데기 뻥튀기
버라별 것들을 트럭에 다 옮겨 싣고

여의도광장까지 하얗게 치밀어 오르는 꽃들,

보다 보다 못해 벚나무들이 나선 것입니다
벚나무들이 전국 체인망을 가동시킨 것입니다

>>>

꽃은 밥이 아니다. 꽃과 밥이 함께하기란 지난한 일이다. 화사한 봄꽃들이 배고픔을 기억하는 까닭이라니, 내가 먹어본 진달래 참꽃, 아카시아꽃, 밥태기꽃, 어린 삐비꽃, 감꽃 들은 "배곯는 소리를 잊지 못해" 달착지근하게 피어났었나 보다. 봄꽃의 DNA가 보릿고개를 기억하나 보다. 꽃들도 진화하거늘, 오늘의 벚나무 DNA는 실업률을 기억한다. 봄이 되었다고 일제히 피어나 온몸에 환한 불을 켜 든 채 삐끼처럼 사람들을 호객하는 벚꽃, 그리고 그 꽃그늘 아래 벌떼처럼 몰려드는 노점상들! "여의도광장까지 하얗게 치밀어 오르"며 하나가 된다. 봄 벚나무가 다시 한 번 살아 보라고 노점의 파라솔을 쳐 준다. 벚꽃도 노점도 죄다 생계형이다. 꽃피는 철이면 실업률이 잠시 낮아지는 까닭이다.

"벚나무들이 전국 체인망을 가동시"켰다니, 봄은 산수유 분과, 진달래 분과, 개나리 분과, 목련 분과 등 전국꽃나무체인연합회 총회? 꽃나무당의 전당대회? 꽃나무노조의 춘투春鬪? 솜사탕, 번데기, 뻥튀기뿐 아니라 "벼라별 것들을 트럭에 다 옮겨 싣고" 온 생업도 꽃등 아래 제철 만났다. 꽃들은 제 흥에 겨워 저절로 터지고, 누군가는 꽃구경에 봄바람 들고, 또 누군가는 꽃그늘에 생업의 좌판을 펼쳐 놓는 것, 봄날은 그런 것.

한 수 위

복효근

어이, 할매 살라면 사고 안 살라면 자꼬 만지지 마씨요

— 때깔은 존디 기지*가 영 허술해 보잉만

먼 소리다요 요 웃도리가 작년에 유행하던 기진디 우리 여펜네도

요거 입고 서울 딸네도 가고 마을 회관에도 가고

벵원에도 가고 올여름 한려수도 관광도 댕겨왔소

물도 안 빠지고 늘어나도 않고

요거 보씨요 백화점에 납품허던 상폰디

요즘 겡기가 안 좋아 이월 상품이라고 여그 나왔다요

헹편이 안 되면 깎아 달란 말이나 허제

안즉 해장 마수걸이도 못했는디

넘 장사판에 기지가 좋네 안 좋네 어쩌네

구신 씻나락 까묵는 소리 허들 말고

어서 가씨요

— 뭐 내가 돈이 없어 그러간디 나도 돈 있어라

요까이 껏이 허면 얼마나 헌다고 괄시는 괄시오

마 넌인디 산다면 내 팔처 넌에 주지라 할매 차비는 빼드리께

뿌시럭거리며 괴춤에서 돈을 꺼내 할매 펴 보이는 돈이

천 원짜리 구지폐 여섯 장이다

— 애개개 어쩐다요

됐소 고거라도 주고 가씨오 마수걸이라 밑지고 준 줄이나 아씨요 잉

못 이긴 척 배시시 웃는 할배와

또 수줍게 웃고 돌아서는 할매

둘 다 어금니가 하나도 없다

*기지: 옷감, 천.

>>>

연륜이 더해 갈수록 물건 값을 잘 깎게 된다. 치고 들어갈 때와 빠질 때, 한발 물러설 때와 돌아설 때, 능쳐야 할 때와 너스레 떨어야 할 때에 대한 감이 더 좋아진다. 그 노하우를 물으신다면, 케이스 바이 케이스! 상대를 존중하라, 그리고 마음을 읽으라!

구수한 고향 풍경은 "어이, 할매 살라면 사고 안 살라면 자꼬 만지지 마씨요"라는 할배의 첫수부터 시작한다. "때깔은 존디 기지가 영 허술해 보잉만", 할매가 한발 빼면서 받는다. 다음 수는 중중모리 속사포에 강도가 센, "어서 가씨요"다. 이쯤에선 능과 너스레의 변화구가 필요하다. 흥정과 무관한 "괄시" 운운이 또 한 수다. 그러니 "차비는 빼드리께" 정도로 받고 친다. 여기서 흥정이 끝난다면 할매할배의 장구한 연륜을 간과한 리얼리티의 실패다. 괴춤에서 밑천을 드러내듯 눈꼬리를 길게 낮추며 마지막 패를 던지는 할매, 급기야 '마수걸이'라는 명분을 내세우며 한발 물러서는 할배!

그런데 할배는 왜 "못 이긴 척 배시시 웃는" 것이며 할매는 왜 "또 수줍게 웃고 돌아서는" 것인가, 마치 수작酬酌하는 연인들처럼. 둘 다 어금니가 하나도 없어 서로에게 생채기 낼 일은 없으리니, 우리들 사랑 또한 이리 "한 수 위"라면!

각주脚註

김남주

헤겔은 어딘가에서
이런 말을 한 적이 있다

동방에서는 한 사람만이 자유로왔는데 지금도 그렇다
그리스 로마에서는 몇 사람이 자유로왔다
게르만 세계에서는 모든 사람이 자유롭다

마르크스는 어딘가에서
이런 말을 한 적이 있다

아시아적 봉건사회에서는 한 사람만이 자유로왔다
자본주의 사회에서는 몇 사람이 자유롭다
사회주의 사회에서는 만인이 자유로울 것이다

그러나 헤겔도 마르크스도

다음과 같이 각주 붙이는 것을 잊어 버렸다

식민지 사회에서는

단 한 사람도 자유롭지 못하다고

>>>

인류의 역사는 재물과 재화, 즉 돈의 분배사였다. 돈은 늘 자유와 비례했다. 말 그대로 종잣돈[資本]을 가진 "몇 사람"만이 자유로운 사회가 자본주의다. 이 모순을 간파한 마르크스는 자본가를 '돈주머니[moneybag]'라 불렀다. 만성 적자에 시달렸던 그의 가족들은 그가 자본에 대해서 쓰기보다 자본을 벌어 오기를 바랐다. 그래서였을까. 마르크스가 빚에 허덕이며 썼던 《자본론》, 그러니까 만국의 노동자가 자유로울 수 있는 사회주의 이상은 지금 빛을 잃었다. 글로벌한 후기자본주의와 신자유주의에 밀려나고 말았다.

1980년대의 우리 사회를 식민지 사회로 규정했던 시인은 말한다. 국가나 민족을 빼앗긴 사회에서는 단 한 사람도 자유로울 수 없고, 제국주의적인 거대독점자본이 지배하는 '신'식민지 사회에서 역시 단 한 사람도 자유로울 수 없다고. 그러니 이 시의 각주는 이렇게 달아야겠다. 돈으로부터 자유로운 인간은 없고 돈으로부터 자유로운 사회 또한 지금껏 없었다고. "신은 죽었다."고 말했던 니체를 대신해 "자본은 죽었다."고 말할 수 있는 날이 과연 올 것인가라고.

돈

고두현

그것은 바닷물 같아

먹으면 먹을수록

더 목마르다고

이백 년 전, 쇼펜하우어가 말했다.

한 세기가 지났다

이십 세기의 마지막 가을

앙드레 코스톨라니가

93세로 세상을 뜨며 말했다.

돈, 뜨겁게 사랑하고

차갑게 다루어라.

그리고 오늘
광화문 네거리에서
삼팔육 친구를 만났다.

한잔 가볍게
목을 축인 그가
아주 쿨하게 웃으며
이렇게 말했다.

주머니가 가벼우니
좆도 마음이 무겁군!

>>>

쇼펜하우어는 평생 물려받은 재산으로 돈 걱정 없이 살았으나 "돈을 벌 수 있는 재능이 없다는 걸 알기에 쓰는 데 신중할 뿐"이라며 돈에 대해 인색했다. 그에게 돈이란 자유인이 되기 위한 조건이었다. 그러나 원하면 원할수록 더 많이 가지고 싶어지는 것이 돈이기에, 돈을 기쁨으로 바꿀 줄 모른다면 돈에 바쳐진 인생은 무익하다고 했다.

'증권계의 위대한 유산', '주식투자의 원로이자 우상', '유럽 최고의 투자심리가'……. 앙드레 코스톨라니에게 붙여진 수식들이다. 그의 숱한 저서와 강의들은 주식투자의 경전이 되었고 수훈이 되었다. 그는 평생을 주식에 몰두해 많은 돈을 벌었지만 항상 돈과 일정한 거리를 두고자 했다. 그에게 돈이란 수단에 불과했기 때문이다. 미지근한 사랑으로는 돈에 대한 욕심을 채울 수 없어서 뜨겁게 사랑해야 하는 게 돈이지만, 그 돈을 다룰 때는 냉정해야 한다고 했다.

쇼펜하우어처럼 넉넉한 유산을 물려받지도 못하고 코스톨라니처럼 돈을 뜨겁게 사랑하지도 못한 채 갱년기를 맞고 있는 '삼팔육'들은 오늘도 고군분투 중이다. 나날이 힘겨워지는 밥벌이가, 보살펴야 할 가족이, 가장의 의무가 중력처럼 무겁다. 목은 축일수록 마르고, 사랑은 할수록 무겁나니, 느는 건 돈 아닌 육두문자다!

여름 夏

그쳐야 오는 관계,
왔으니 가는 관계는
엇갈리고 어긋난다.

비 그치고 돈 오고 또 가듯,
시간은 시인을 통과하고
시는 번역되고 사라진다.

소금 시

윤성학

로마 병사들은 소금 월급을 받았다
소금을 얻기 위해 한 달을 싸웠고
소금으로 한 달을 살았다

나는 소금 병정
한 달 동안 몸 안의 소금기를 내주고
월급을 받는다
소금 방패를 들고
거친 소금밭에서
넘어지지 않으려 버틴다
소금기를 더 잘 씻어 내기 위해
한 달을 절어 있었다

울지 마라

눈물이 너의 몸을 녹일 것이니

>>>

고대 로마에서는 병사들의 급료를 소금으로 지불했다고 한다. 급료를 뜻하는 영어 단어 'salary'나 소금으로 급료를 받던 병사 'soldier'는 모두 소금을 가리키는 라틴어 'Salarium'에 어원을 두고 있다. 소금은 금의 가치와 엇비슷해 '하얀 금', '작은 금'이라 불렸던 바 "너희는 세상의 소금이니"(마태복음 5:13)라는 구절도 경제적인 환산가치를 내포하는 표현이었던 셈이다. 상품으로서의 내재가치를 지닌 소금, 조개, 모피, 금, 은 등이 화폐 역할을 하다가 그 가치를 법으로 보장해 주는 돈이나 수표 등의 신용화폐가 사용된 것이 자본주의의 역사다. 최근엔 가상(전자)화폐의 사용도 늘고 있다.

시인은 소금이 돈이었던, 상품의 실질가치(사용가치)가 교환가치(시장가치)를 결정했던 원시시대의 패러다임에 주목한다. 또한 소금이 우리 '몸 안의 소금기', 즉 땀과 노력에서 나오듯, 돈이란 마땅히 정직한 노동에서 나와야 한다는 반자본주의적 발상에 초점을 맞추고 있다. '돈 벌다'의 다른 표현으로 시인이 사용하고 있는 싸우다, 내주다, 버티다, 절다, 울다, 녹다 등의 술어가 비유적 표현만은 아닌 셈이다. 실은 소금이 우리를 먹여 살리고, 우리는 우리 월급에 매일매일 우리 안의 소금을 녹여 넣으며 산다.

고대 수메르나 이집트에서는 맥주를 월급으로 지급했다고 한다. 맥주의 도수와 양에 따라 사회적 지위가 구분되었고 취해 토할 수 있는 자가 권능을 가진 자였다니, 나는 '맥주 시'나 한 편 써야겠다. "하루를 내주고 맥주 한 잔을 얻노니/ 들이켜라, 한 잔이 네 안의 소금기를 씻어 내고 또 한 잔이 너의 눈물을 토하게 할 테니" 운운.

아르바이트 소녀

박후기

나는 아르바이트 소녀,
24시 편의점에서
열아홉 살 밤낮을 살지요

하루가 스물다섯 시간이면 좋겠지만
굳이 앞날을 계산할 필요는 없어요
이미 바코드로 찍혀 있는,
바꿀 수 없는 앞날인 걸요

어느 날 갑자기 사라졌다
봄이 되면 다시 나타나는
광장의 팬지처럼,
나는 아무도 없는 집에 가서

옷만 갈아입고 나오지요
화장만 고치고 나오지요

애인도 아르바이트를 하는데요,
우린 컵라면 같은 연애를 하지요
가슴에 뜨거운 물만 부으면 삼 분이면 끝나거든요

가끔은 내가
아르바이트를 하러 이 세상에 온 것 같아요
엄마 아빠도 힘들게
엄마 아빠라는 아르바이트를 하고 있는지 몰라요

아,

아르바이트는

죽을 때까지만 하고 싶어요

>>>

실업 백만, 청년실업 삼십만 명의 위험천만한 시대다. 본래는 '노동' '작업' '연구' 등을 뜻하는 독일어 단어 '아르바이트Arbeit'가 우리 사회에 와서는 본업이 있는 사람이 부가적으로 하는 일을 일컫게 되었다. 그리고 어느새 본업 없이 아르바이트가 본업인 사람들, 아르바이트가 가업처럼 대물림되어 태어날 때부터 직업이 아르바이트인 사람들이 늘어 간다. 아르바이트 남녀노소, 아르바이트가 '바코드'처럼 찍힌 생生들이라 해야 하나. 죽음조차도 이런 '아르바이트-생'을 너무 쉽게 고용하곤 한다.

2013년도 시급時給 최저임금은 4,860원이었다. 1시간 일해야 일할 곳에 오갈 수 있고, 3시간 일해야 하루 동안 먹을 걸 해결할 수 있고, 4시간 일해야 간신히 몸 누일 곳을 해결할 수 있다. 그러니까 하루 꼬박 8시간을 일해야 오가고 먹고 자는 걸 해결할 수 있다. 음식점, 편의점, PC방, 패스트푸드점, 주유소, 커피숍, 택배, 미용실, 술집 등등 아르바이트는 해도 해도 남는 게 없다. 우리의 시급時給이 시급時急하다.

"아무도 없는 집에 가서/ 옷만 갈아입고 나오지요/ 화장만 고치고 나오지요", "애인도 아르바이트를 하는데요,/ 우린 컵라면 같은 연애를 하지요/ 가슴에 뜨거운 물만 부으면 삼 분이면 끝나거든요". 아르바이트 인생은 인스턴트 인생이다. '인생을 걸지 않으면 아르바이트 인생이다'라는 멋진 말도 있지만 우리 현실은 아르바이트 인생을 위해서 인생을 걸어야 할 판이다.

파안

고 재 종

마을 주막에 나가서

단돈 오천 원 내놓으니

소주 세 병에

두부찌개 한 냄비

쭈그렁 노인들 다섯이

그것 나눠 자시고

모두들 불그족족한 얼굴로

허허허

허허허

큰 대접 받았네그려!

>>>

고향 궁산리 어르신들께 시인이 인사차 올린 조촐한 대접이었을까? 아니면 "쭈그렁 노인들 다섯"이 천 원씩 추렴이라도 하신 걸까? 좋은 일 있어 어느 한 분이 한턱이라도 내신 걸까? 내기에 지기라도 하신 걸까? 이 "단돈 오천 원"이 누구 호주머니에서 나왔느냐에 따라 "큰 대접 받았네그려!"의 여운이 사뭇 다르다. 소주도 두부도 소매가가 천 원을 웃도니 요즘 대접하려면 아무리 시골 마을 주막이라 해도 만 원쯤은 있어야겠다. 어쨌거나 저쨌거나 "쭈그렁 노인들 다섯"이 "나눠자"셨고, 모두들 "볼그족족한 얼굴" 되셨고, 크게 "허허허/ 허허허" 하셨으니 그걸로 족한 일이다.

마을 어르신들, 셀 수 있는 돈으로 셀 수 없는 잠시의 지복 누리셨겠다. 오가는 소주잔에 적적하던 배 속 짜르르 환하셨겠다. 오가는 숟가락에 막막하던 뱃집 든든하셨겠다. 고단하고 팍팍하셨을 거라며 세상에게, 세월에게, 삶에게 한 대접 받으신 것이리라. 그러니 허청허청 하박하박, 집 가는 길 한결 가벼우셨겠다.

쭈그렁한 데다 눈꼬리, 입꼬리 맞붙었으니 말 그대로 파안破顔이셨겠다. 불그족족까지 한 데다 "허허허/ 허허허" 웃음소리까지 새어 나왔으니 말 그대로 대소大笑시겠다. 단청처럼 단풍처럼 한 세월 잘 물드셨겠다. "단돈 오천 원"의 환한 자리, "이만큼의, 이만큼의 삶이라도/ 서로 나누는 온기 있으니 족하다는 듯"(〈참새〉)!

복권 한 장 젖는 저녁

신용목

마음 밖에 안경을 걸어 두고
느린 저녁을 본다

신촌 현대백화점 앞
누에처럼 꿈틀거리는 버스들이
비 먹은 옷깃을 싣고 떠날 때
쓸모를 다한 한
장 복권이 젖는다

어디로 가라는 것인가
빌려 신은 신발처럼 헐겁게 오는
저녁, 잊혀진 기억에서
잊혀질 기억으로

내 몸에 그어지는

은빛 동전 자국!

>>>

비는 오는데 백화점 네온사인은 휘황하고, 사람들은 붐비는데 차는 막히는 저녁이다. 설상가상 "쓸모를 다한/ 한 장 복권"이 비에 젖어 바닥을 뒹군다. 뒹굴며 귀가를 재촉하는 나 혹은 너처럼 비에 젖고 있다. 은빛 펄에 덮여 있던 대박에의 꿈, 힘센 동전에 긁혔던 자국이 선명하다.

"내 몸에 그어지는/ 은빛 동전 자국!"은 날렵한 마무리다. 은빛 빗금을 그리며 동전에 의해 쓱쓱 벗겨진 복권과, 네온사인 불빛 아래 빗금을 그리며 내리는 비에 젖은 사람을 결합시킨 "은빛 동전 자국"의 이미지는 절묘하다. 그 자국은 일차적으로 내 몸에 그어지는 저녁 빗발일 테지만, '복권'으로 환기되는 '단돈'에 '천금'을 도모하려는 헛된 꿈이 남기고 간 흔적이다. '기억'으로 환기되는 시간과 '동전'으로 환기되는 돈, 그 폭력의 흔적이기도 하다. "쓸모를 다한" 후에 버려지고 잊히는 존재들에 대한 비애가 묻어나는 저녁이다.

복권위원회에 따르면 2013년 1년간 우리나라 국민 10명 중 6명이 복권을 구입했다고 한다. 우리 삶의 6할이 사행과 요행으로 이루어진 건지도 모르겠다. 99퍼센트가 '꽝' 혹은 '다음 기회'의 등외이건만 특출한 1퍼센트의 당첨권 혹은 등 내를 꿈꾸는 삶 말이다. 한 장의 복권福券이 인생역전의 희망을 복권復權시켜 주기를 꿈꾸며 우리는 오늘도 복권을 사고 또 긁는다. 복권처럼 팔리고 또 긁히며 산다. 비에 젖는 저녁이 잦은 장마철이면 더욱 생각나는 시다.

우리 동네 나이트에서는요

이홍섭

우리 동네에는 역사와 전통을 자랑하는 나이트클럽이 하나 있는데요. 뭐 서울처럼 물 좋은 나이트는 아니구요. 그냥 동네 아저씨들과 아줌씨 들이 신나게 몸을 흔들다가 눈 맞으면 껴안고 돌다가, 뭐 그러다가 스리슬쩍 자리를 뜨기도 하는 곳인데요……

며칠 전 후배 한 놈이 나이를 건사 못하고 이곳에 들렀다가 한 아줌씨한테 제대로 걸렸는데요. 그 아줌씨는 모처럼 총각 만났다며 구두 뒷굽이 나갈 정도로 신나게 놀았는데요. 문 닫을 때가 되자 잘 놀았다며 후배놈에게 지폐를 몇 장 찔러주고는 부러진 뒷굽을 들고 훠이훠이 사라지더라나요……

며칠 뒤 후배놈이 중앙시장 앞을 지나가는데 웬 낯익은 목소리가 들려와 고개를 돌려 보니 그 아줌씨가 어물전에서 고기를 팔고 있더래요. 양손에 싱싱한 산 문어를 움켜쥐고는 시장통이 떠나가라 소리를 지르고 있더라나요……

후배놈은 그렇지 않아도 그 아줌씨가 찔러준 지폐에서 비린내가 났었다며 쪽팔려 죽겠다고 말하는데…… 이눔의 죽은 문어 대가리 같은 놈을 어물전에 내다 팔 수도 없고……

>>>

"한 번뿐인 밤입니다. 오늘밤 외로운가요? ㅇㅇ나이트로 달려오세요. 하버드대 부킹대학을 수석 졸업한 저 장국영이 깔끔한 마무리로 보답하겠습니다." 자동차 와이퍼에 붙어 있던 전단지의 한 구절이다. 이홍섭 시인은 강릉에 산다. 카리스마나이트, 경포대나이트, 호박나이트, 아리랑나이트, 오대양나이트, 알함브라나이트, 나이야가라 성인나이트…… 강릉에서 손꼽히는 나이트클럽들이다. 부킹책임형 나이트도 있고, 소주를 파는 불황탈출형 나이트도 있다. '물 관리가 잘된' 럭셔리나이트도 있고, '동네 아저씨들과 아줌씨들'이 몸이나 좀 풀러 가는 동네 나이트도 있다. 여름 한철 바닷가에 조립되는 임시가설형 나이트도 있다.

모르긴 해도 "양손에 싱싱한 산 문어를 움켜쥐고는 시장통이 떠나가라 소리를 지르"는 아줌씨의 힘은, 간밤 "구두 뒷굽이 나갈 정도로 신나게 놀았"던 후끈함에서 나왔을 것이다. 그 힘이 지폐를 움켜쥐게도 하고 지폐를 찔러주기도 했을 게다. 한데, 아줌씨가 대낮에 움켜쥔 "싱싱한 산 문어"와 후배놈이 자책하는 "죽은 문어 대가리 같은 놈"은 외설스러운 게 어쩐지 서로를 닮았다. 낙지 머리가 보양에 좋다던데, 그보다 더 크고 귀한 "문어 대가리"는 오죽이나 몸에 좋을까 싶다!

목돈

장석남

책을 내기로 하고 300만 원을 받았다
마누라 몰래 주머니에 넣고 다닌다
어머니의 임대 아파트 보증금으로 넣어 월세를 줄여 드릴 것인가,
말하자면 어머니 밤 기도의 목록 하나를 덜어 드릴 것인가
그렇게 할 것인가 이 목돈을,
깨서 애인과 거나히 술을 우선 먹을 것인가 잠자리를 가질 것인가
돈은 주머니 속에서 바싹바싹 말라 간다
이틀이 가고 일주일이 가고 돈봉투 끝이 나달거리고
호기롭게 취한 날도 집으로 돌아오며 뒷주머니의 단추를 확인하고

다음 날 아침에도 잘 있나, 그럴 성싶지 않은 성기처
럼 더듬어 만져 보고
잊어버릴까 어디 책갈피 같은 데에 넣어 두지도 않고,
대통령 경선이며 씨가 말라 가는 팔레스타인 민족을
텔레비전 화면으로
바라보면서도 주머니에 손을 넣어 꼭 쥐고 있는
내 정신의 어여쁜 빤스 같은 이 300만 원을,
나의 좁은 문장으로는 근사히 비유하기도 힘든
이 목돈을 나는 어떻게 할 것인가

평소의 내 경제관으론 목돈이라면 당연히 땅에 투기
해야 하지만
거기엔 턱도 없는 일, 허물어 술을 먹기에도 이미 혈

기가 모자라

　황홀히 황홀히 그저 방황하는,

　주머니 속에서, 가슴속에서

　방문객 앞에 엉겁결에 말아 쥔 애인의 빤스 같은

　이 목돈은 날마다 땀에 절어 간다

>>>

책을 내기로 하고 받은 300만 원, 누구에게는 '한몫' 될 만한 목돈이고 누구에게는 '껌값'에 불과한 푼돈이다. 누구에게는 밥값이나 술값에 불과하고 누구에게는 연봉 혹은 월급인 돈이기도 하다. 시인에게 이 어쩌다가의 목돈은 "나의 좁은 문장으로는 근사히 비유하기도 힘든" 돈인 바, 이를테면 "내 정신의 어여쁜 빤스" 같고 어여쁜 "애인의 빤스" 같은 돈이다. 쩨쩨와 뻔뻔, 소심과 혈기, 치졸과 황홀, 정신과 빤스, 책(문장)과 돈(자본) 사이에서 날이 더할수록 나달거리며 이 땀과 저 땀에 절어 간다. 돈봉투를 움켜쥔 채 이모저모 돈 쓸 방도를 궁리하는 시인의 속물스런 위악과 소시민적 해학이 감칠맛 난다. 애지중지 움켜쥘수록, 암만 봐도 안절부절, 그림에 떡이다!

내가 아는 한 시인은 책장 맨 꼭대기에 우르르 꽂힌 《세계를 간다》 시리즈 중 '남아프리카' 편에 100만 원짜리 수표 한 장을 숨겨 놓고 수시로 그 안위를 확인하느라 바쁘단다. 또 한 시인은 마누라 몰래 통장 하나를 꿰찼으나 좀체 쓸데도 없고 차마 쓰지도 못해 6개월에 한 번씩 통장정리 해 보는 게 일이란다. 돈도 써 본 놈들이 쓰는 법이다. 있는 놈들이 더하고, 가진 놈들이 더 무서운 까닭이다. 돈 앞에서 이 대책 없는 속수무책이야말로 자본주의의 사회에서 살아남기 위한 시인들의 속수유책인지도 모른다. 시가 자본주의의 적敵, 그것도 강적強敵인 까닭이다.

이방인

김영승

버스비 900원

버스 타서 죄송하다고

백배사죄百拜謝罪하며 내는 돈

화장실 100원

오줌 눠서 죄송하다고

백배사죄하며 내는 돈

아들 고등학교 신입생 등록금 사십오만 구천오백팔십 원

학교 다녀 죄송하다고

백배사죄하며 내는 돈

상갓집 부조금 3만 원
살아 있어 죄송하다고
백배사죄하며 내는 돈

공중전화 100원
말 전해서 죄송하다고
백배사죄하며 내는 돈

돼지고기 한 근斤 8,000원
처먹어서 죄송하다고
백배사죄하며 내는 돈

서러움이 있기 때문에

우리는 죽을 수 있는 것이다
한恨이 있기 때문에

함소입지含笑入地할 수
있는 것이다

>>>

사는[生] 일이 사죄를 사는[買] 일이란다. 버스비·등록금이 그렇고, 부조금·통화료·고깃값이 그렇단다. 일상에서 지불하는 모든 돈이 살아 있음을 백배사죄하는 대가라면, 돈벌이는 살아 있음의 백배사죄 그 자체인지도 모른다. 웃음을 머금고 땅에 들어간다는 함소입지含笑入地란 안심하고 죽는다 내지는 죽음을 두려워하지 않는다는 뜻이다. 살면서 지은 죄, 죄다 모으면 서러움이나 한이 될 법도 하다. 그러니 시시때때 백배사죄하는 마음으로 산다면 함소입지할 만도 하겠다.

제목이 왜 '이방인'일까? 삶의 주인은 돈이고, 그 돈을 벌고 쓰는 우리는 이방인에 불과하다는 뜻일까? 백배사죄하며 사는 사람들이 이방인 아닌 주인이 된다면 이 세상은 지금보다 나은 세상이 되었을 거라는 뜻일까? 먹고 자고 일하고 노닥거리는 일상 전체를 백배사죄해야 할 것만 같은 날들이다.

"보증금도 월세月稅도 없는/ 계약서도 영수증도 없는/ 문패도 번지수도 없는/ 수도요금도 청소요금도 없는/ 무엇보다 전기요금 없는/ 완전 투명하고 완전 불투명한/ 완전 경계 없고 완전 독립된/ 담도 없고 문도 없는"(〈반성 569〉), 돈으로 사야 할 것들이 없어서 이제는 백배사죄할 필요도 없고 더 이상 이방인으로 살지 않아도 되는, 그런 세상으로 갔을 '세월호'의 어린 영혼들을 기리며 살아남았음에 삼가 백배사죄하며 오늘도 돈을 낸다.

술값은 누가 내?

곽효환

지난여름 오랫동안 사용해 오던 유선전화 대신 들여놓은 인터넷전화는 휴대전화를 갖지 못한 초등학교 오학년 민경이의 장난감이 되었습니다 친구들과 가족들에게 문자도 보내고 아는 사람들의 전화번호를 저장해 두고 때때로 전화벨소리도 바꾸고

전화벨소리가 울릴 때마다 전화기 액정 화면엔 입력해 둔 사람의 이름 대신 특징이 떠오릅니다

학습지 선생님이 전화하면 **시간 맞춰 오질 않아**
영어 학원에서 전화 오면 **숙제에 깔려 죽어**
빼빼 마른 이모 전화는 **야식 필수**
고모는 **감자 먹고 이빨 튼튼**
할머니는 **시기면 시기는 대로 혀**

엄마 휴대전화는 **잠자리보다 더 눈 많아**

아빠 사무실 전화는 **야근 없인 못 살아**

아빠 휴대전화는 **밖에서만 폭탄주 아홉 잔**

……

얼마 전 바뀐 새로운 아빠 휴대전화 닉네임은

술값은 누가 내?

가로세로 사 센티미터 남짓한 작은 액정 화면은

망망히 펼쳐진 푸른 말의 바다가 되었습니다

>>>

주먹 쥐고 일어서, 발로 차는 새, 달과 함께 걷다, 숨죽인 천둥, 길을 여는 바람, 아침에 따라가, 대지 위에 살았던 어떤…… 기억에 남는 인디언 이름들이다. 군더더기 없는 직관의 명명법이다. 태어난 끝자리 연도와 월과 일에 맞춰 조합한 내 인디언식 이름은 '웅크린 바람은 말이 없다'고, 딸은 '백색의 늑대를 쓰러뜨린 자'다. 시가 탄생하는 은유의 자리다.

초원을 달리다 저무는 저녁 해를 바라보는 유목민의 얼굴색, 잘 구운 벽돌색, 암탉의 온기가 남은 아침 첫 달걀색, 맛있게 탄 커피색! 교보생명 창립자가 광화문 빌딩, 연수원, 자동차 등에 주문했던 색깔이란다. 시인의 딸 "오 학년 민경이"가 지은 닉네임들은 아빠가 다니는 회사 창립자의 명명법을 닮아 있다.

학습지 선생은 자꾸만 한발 뒤처져 있고 무한경쟁 시스템의 메카인 영어학원은 성마르게 의욕적이다. 부계는 활달하고 모계는 예민한가 보다. 엄마는 아이 교육에, 아빠는 회사생활에 열심 중이다. 돈에 눈떠 가는 민경이의 관심은 아빠 술값의 출처다(엄마나 할머니의 말이었을지도!). 그런 민경이도 알까? 아빠의 어릴 적 닉네임이 구멍가게 외상장부 속 "연탄 두 장 막걸리 세 병" 혹은 "목장갑 네 켤레"(〈연탄 두 장 막걸리 세 병〉)였다는 것을.

대좌상면오백생對座相面五百生

박목월

그만 일로

죄면할 게 뭐꼬.

누구나

눈 감으면 간데이.

돈

돈

하지만 돈 가지고

옛 정情 살 줄 아나.

또 그만 일로

송사訟事할 건 뭐꼬.

쑥국 끓이고

햇죽순 안주 삼아

한 잔

얼근하게 하기만 하면

세상에

안 풀릴 게

뭐 있노.

사람 살면

백년百年 살 건가, 천년千年을 산 건가.

그러지 말레이

후끈후끈 아랫목같이 살아도

다 못사는 사람 평생

니

와 모르노.

>>>

'대좌상면'이 얼굴을 마주 대하고 앉는다는 뜻이고 '오백생'이 오백생 혹은 한없는 생을 거쳐야 만날 수 있는 인연이라는 뜻이니, 제목 '대좌상면오백생'이란 '서로 마주하고 앉은 오백생의 인연' 혹은 '오백생의 인연으로 서로 마주하고 앉아'쯤으로 해석될 것이다. 전해지는 말로는 옷깃만 스쳐도 삼백생, 대좌상면이 오백생의 인연이라고 한다. 친구나 지인, 가족은 얼마나 깊은 인연이겠는가. 시인은 '경상도 가랑잎' 같은 입말로 이 귀하고 소중한 인연을 돈 때문에 좌면(감정에 서로 걸리는 것이 있어, 보고도 외면해 버리는 것) 송사訟事할 수 있느냐며 어르고 달랜다.

오백생 이상의 인연과 대비되는 한 생의 얼마간의 돈이라니, 그 비유만으로도 돈에 대해 넉넉해지는 마음이다. 이 마음에 더해 "후끈후끈 아랫목같이 살아도/ 다 못사는 사람 평생"임을 새겨 보면, 얼마간의 돈 문제는 얼굴 마주하고 앉아 '얼근한' 술 한잔 주고받노라면 풀릴 수 있을 것도 같다. "그러지 말레이"가 "그러레이"가 되고, "와 모르노"가 "와 모르겄나"가 되면, 좌면하고 송사할 게 "뭐 있겠노"가 되는 거 아니겠나.

그렇긴 한데, "낼은 아빠 돈 벌어 가지고/ 이만큼 선물을/ 사 갖고 오마./ 이만큼 벌린 팔에 한 아름/ 비가 변한 눈 오는 공간/ 무슨 짓으로 돈을 벌까"(〈밥상 앞에서〉)……. 걱정은 걱정이다!

비 그치고 돈 갑니다

최승자

비 그치고

돈 왔다

사람들은 거리에서

거리로 흘러가고

그리고 시간 공장에서는

하늘이 하늘 하늘

구름이 서늘 서늘

비 그치고

돈 왔다

(비 그치고

돈 왔다고

어느 TV가 재방송을 돌리고 있군요)

비 그치고

돈 갑니다.

>>>

"비 그치고/ 돈 왔다"라니? '—하고(그리고)'로 연결되는 순차적 행위들이 인과관계를 구축하면서, 뒤따르는 연이 앞선 연을 부연 설명한다. 그러니까 비가 그치자 "거리에서"는 사람들이 다시 흘러가고, "시간 공장"에서는 하늘이 하늘 하늘하고 구름이 서늘 서늘하다. "어느 TV"에서 돌리는 재방송처럼, 비 그치고 세상은 천연덕스럽게 하나 마나 하게 다시 돌아가고, 돌고 도는 돈은 왔으니 또 갈 것이다. 그쳐야 오는 관계, 왔으니 가는 관계는 엇갈리고 어긋난다. 그렇다면 시인은 비가 그쳐야 비로소 돈이 돈다는 얘기를 하고 싶었던 걸까?

그러나 어조까지 바꾼 "비 그치고/ 돈 갑니다."라는 끝 연에 주목해 보면 예의 인과관계는 우연 혹은 무연無緣처럼 뒤집힌다. 결과적으로 비는 돈과 무관하게 오고 가며, 돈 또한 비와 무관하게 오고 간다. 그런 돈이란 "시간 공장"의 공산품, 혹은 우리를 통과해 가는 시간의 통행료일지도 모른다. 그렇다면 시인은 시간이 돈이라는 말을 하고 싶었던 걸까?

"통과하라, 나를./ 그러나 그 전에 번역해다오, 나를./ 내 침묵의 언어로,/ 내 언어를 침묵으로,/ 그것이 네가 내 인생을 거쳐 가면서/ 풀어야 할 통행료이다"(〈번역해다오〉)라는 시를 잇대서 읽는다. 반생이 넘도록 시간이나 돈과는 무관하게, 아니 반백 년을 시간과 돈에 대항하며 살아온 시인의 삶이 묻어나는 듯하다. 비 그치고 돈 오고 또 가듯, 시간은 시인을 통과하고 시는 번역되고 또 사라진다.

타는 목마름으로

이시영

1982년 6월 시집 《타는 목마름으로》를 '납본필증' 없이 사전 배포했다고 하여 이틀간 안기부 조사를 받은 뒤 풀려날 때였다. 퇴계로에서부터 트럭 하나가 우리 뒤를 따라붙더니 중앙청 문공부까지 따라오는 것이 아닌가. 수사관들과 함께 어느 국장 방으로 갔더니 백지를 내밀며 '재산포기각서'를 쓰라고 했다. 그 트럭에는 시중 서점에서 압수한 1만여 권의 시집이 실려 있었던 것이다. 그날 저녁 원효로 경신제책에선 나와 수사관들이 지켜보는 가운데 지형과 함께 시집 1만 권이 분쇄되었는데 분쇄기를 직접 잡은 김상무의 엄지손가락 없는 오른손이 마구 떨었다. 그리고 일주일 후 김상무에게서 폐휴지값 5만 8천 원이 나왔으니 찾아가라는 연락이 왔다.

>>>

김지하 시인이 시집《타는 목마름으로》를 출간한 지 32년, 시 〈타는 목마름으로〉를 발표한 지는 39년이 지났다. 배포(!) 즉시 정부는 판매금지처분을 내려 1만 부를 강제 압수하고 창비(창작과비평사)에 대해 세무사찰을 했다. 출판물의 지형 및 재고 압수와 판매금지, 출판사 등록규제 및 등록취소와 세무사찰, 출판인의 불법연행과 같은 출판 탄압은 1980년대의 일상적 풍경이었다.

당시 창비의 실무책임자였던 이시영 시인이 '납본필증' 없는 출판물 배포를 사유로 안기부에 끌려갔다. 그는 1978년에 김지하 시인 석방운동을 벌이다 구류를 살기도 했었다. 1만 권의《타는 목마름으로》가 허리 잘리고 폐휴지값 "5만 8천 원"으로 정산됐다. 1천만 원의 세금을 추징당했다. 2만 권 제작에 1만 권 압수였다니, 며칠 사이에 1만 권이 팔린 셈이다. "오 년 가뭄에 단비 만나듯 시집은 그야말로 타는 목마름을 적시며 날개 돋친 듯 팔려 나갔는데 이런, 연대 앞 어느 서점에서는 좀 흥분한 나머지 리어카에까지 싣고 들어가 학교 안에서 팔다가 안기부에 덜컥 걸리고 말았다. 그리고 나는 출근길에 곧장 남산으로! '너 이 새끼, 바른대로 말해! 몇 부 찍었어?' '2천 부 찍었습니다요.' '뭐야 이 새꺄, 2천 부? 너 우리를 뭘로 보는 거야? 우리가 지금 교보문고에서 확인한 것만도 2천 부가 넘어 이 새꺄!'"(〈1982년 여름〉). 1980년대의 시대정신을 상징하는 시집이자 사건이다. 당시 2천 원이었던 그 시집은 지금 3만 원을 호가한다. 물론 구하기도 쉽지 않다. 금서의 추억이랄밖에!

그날 우리는 우록에서 놀았다

이성복

십만 원이면 사슴피 한 잔을 마실 수 있다는
우록에 갔다 동네 테니스회 야유회 날이었다
모자를 눌러쓰고 쭈그리고 앉은 사내들 운명적
대어大漁를 꿈꾸는 유료 낚시터 지나, 빠듯한 외통수
길을 따라갔다 맑은 물 흐르는 시냇가에 봄풀을
뜯는 염소들 뾰족한 입에서 흰 이빨이 빛났다

마리당 이십만 원에 두 마리를 잡았다고 회장님
말씀하시자 모두들 기립 박수를 했다 미리 연락
받고 상 차려놓은 터라, 손 씻으러 수돗가에 갔다
비누와 수건이 놓여 있는 그곳에 아직 치우지 않은
식칼과 도마가 있었고 군데군데 염소 수육이 흩어져
있었다 수육의 살점이 성기 속살처럼 거무튀튀했다

그날 우리는 해 질 때까지 우록에서 놀았다 양념한
염소 고기 숯불에 구워 뜯으며 흘러간 옛노래를
힘차게 불렀고 노소동락老少同樂 뚱뚱한 배와 호벅진
엉덩이
흔들며 요즘 가수들의 춤사위를 잘도 흉내 냈다
나도 얼마나 흔들어 댔는지 예술가는 과연 다르다고
칭찬까지 받았다 염소의 피 냄새가 입안에 그득했다

>>>

산록山麓(산기슭)의 신록新綠에 묻힌 채 우록麀鹿(암사슴)과 더불어 우륵이 만들었다는 가야금이라도 뜯어야 할 것만 같은, 삼면이 산으로 둘러싸인 첩첩산중 '우록友鹿(사슴을 벗 삼다)'은 대구 인근의 계곡 마을이다. 은거와 은둔, 신선과 도학道學의 기세가 등등했던 이곳은 백록고시원이 생기고 고향염소집이 생기더니 어느덧 돈과 도살 위에 꽃핀 음주가무와 노소동락老少同樂의 명소가 되었다.

십만 원이면 사슴피가 한 잔, 이십만 원이면 염소가 한 마리! 대어를 낚기 위한 유료 낚시터가 있고 "성기 속살처럼 거무튀튀"한 수육과 염소의 피 냄새가 그득한 곳, 색色스럽고 육肉스러운 보양과 취홍의 "붉은 해가 산꼭대기에 찔려/ 피 흘려 하늘 적시고" "—여기가 어디냐고?/ —맨날 와서 피 흘려도 좋으냐고?"(〈여기가 어디냐고〉) 물어야 할 곳이 되었다. 사슴 뛰놀던 심심산천의 우록은 말이 없고, 우록에서 놀던 우리는 우록의 살과 피로 불끈불끈하곤 한다. 자연의 신비와 현실의 적나라赤裸裸는 이렇게 한통속이기 십상이다. 생명과 욕망은 펄떡펄떡 살아 있다는 점에서 처음부터 하나로 잇대져 있다, 우록처럼. 그러니 우록, 너무 환해 캄캄하니, "가지 마라, 굳이 못 갈 것도 없지만/ 가지 마라, 다시는 당신 못 돌아온다"(〈동곡엔 가지 마라〉)!

이런 이유

김선우

그 걸인을 위해 몇 장의 지폐를 남긴 것은
내가 특별히 착해서가 아닙니다

하필 빵집 앞에서
따뜻한 빵을 옆구리에 끼고 나오던 그 순간
건물 주인에게 쫓겨나 3미터쯤 떨어진 담장으로
자리를 옮기는 그를 내 눈이 보았기 때문

어느 생엔가 하필 빵집 앞에서 쫓겨나며
부푸는 얼음장에 박힌 피 한 방울처럼
나도 그렇게 말할 수 없이 적막했던 것만 같고—

이 돈을 그에게 전해 주길 바랍니다

내가 특별히 착해서가 아니라
과거를 잘 기억하기 때문

그러니 이 돈은 그에게 남기는 것이 아닙니다
과거의 나에게 어쩌면 미래의 당신에게
얼마 안되는 이 돈을 잘 전해 주시길

>>>

자라투스트라는 말했다. 걸인은 적선을 받기 위해 자신을 낮추고 구걸이라도 하지만, 적선하는 자야말로 스스로가 덕을 쌓는다는 허영과 위선에 사로잡힌 정신적인 걸인이라고. '구제를 할 때에 오른손이 하는 것을 왼손이 모르게 하라'는 예수의 말씀과, '보시하는 자도 받는 자도 모두 청정한 보시'를 일급으로 두었던 붓다의 가르침을 떠올리게 한다. 사랑이나 정의나 진리가 그러하듯, 보이지 않는 귀하고 소중한 것들은 적선의 대상이 될 수 없다. 함께 나눌 수 있을 뿐이다.

돈만 도는 게 아니다. 목숨이나 인연도 돌고 돈다. 전생에서 구걸을 하던 내가 이생에서는 적선을 하기도 하고, 과거의 내가 현재의 당신이 되기도 하고 미래의 그가 되기도 한다. 그러니 오늘 내가 걸인에게 건네는 '지폐 몇 장'은 걸인이었을지도 모르는 전생의 나를 위한 것이다. 미래의 당신이 될지도 모르는 이생의 나를 위한 것이다. 세상 모든 선한 의도와 행위가 곧 스스로를 구제하는 일인 셈이다. 이 생과 저 생은 이어져 있고 너와 내가 연결되어 있기 때문이다. 시인이 걸인을 위해 지폐를 몇 장을 남긴 '이유'가 '이러'했을 것이다.

쥐에 대한 우화 2. 부자가 되는 법

마종기

부자가 되고 싶어 궁리하던 사람이 연구 끝에 고양이 한 쌍과 쥐 한 쌍을 샀지. 고양이도 번식이 빠르기는 하지만 쥐들이 일 년에 서너 번씩 새끼를 낳고 본능이 빨라 새끼 쥐도 몇 달이면 번식하는 법을 금방 배워 일 년만에 고양이떼와 쥐떼를 가지게 되었지. 사료값이 없는 주인은 자기 연구대로 한 떼의 쥐들을 잡아 고양이 사육장에 집어넣으면 굶주린 고양이떼가 그 쥐를 잡아먹고 새끼를 까고 그래서 고양이가 너무 많아지면 한 무리 죽여서 그 털과 가죽을 팔아 돈을 모으고 죽은 고양이의 살과 내장은 쥐들에게 사료로 먹이면 쥐들은 그 고기 먹고 또 살이 찌고. 고기 먹고 살찌고 새끼 많이 깐 쥐떼를 또 절반쯤 고양이 사육장에 쓸어넣으면 고양이떼는 쥐 잡아 죽이기로 이리저리 뛰어 적당한 운동과 유희가 되고 성찬이 되어 살이 찌고 새끼를 까고…… 그러면 한 달에 한 번쯤 인부를 두어 이제는 수천 마리씩의 고양이를 잡아 털과 가죽을 벗겨 말려서 팔면 주인은 자꾸 부자가 되고 죽은 고양이의 고기는 다시 번식하는 쥐떼들의 사료가 되는 거지. 원수를 갚듯 잘들 먹겠지. 부자가 된 주인은 좋아서 원수를 갚듯 서로서로 자꾸 먹어라, 그래서 온 세상이 내 쥐떼와 고양이떼로 덮여라 하지만, 나는 좀 슬퍼지더군. 부자가 되는 길이 어떨 때는 이렇게 무섭고 슬플 수도 있구나.

>>>

이 시는 우화시寓話詩다. 부자가 되려면 "어떨 때는 이렇게 무섭고 슬픈" 일쯤은 다반사여야 한다는 걸, 아니 부자가 되는 건 "어떨 때는 이렇게 무섭고 슬픈" 일임을 일깨워주는 우화다. 그러다 문득, 먹고 먹히는 먹이사슬 속에서 나는 혹은 우리는 쥐를 잡아먹고 사는 굶주린 고양이는 아닐까, 고양이 내장을 먹고 사는 쥐는 아닐까 스스로를 반성케하는 우화이기도 하다. 부자 되는 법을 조언하는 베스트셀러 책들은 말한다. 부자가 되기 위해서는 끊임없이 상상하고 계획을 짜라고, 그리고 행동하라고.

상상은 때로 현실을 넘어선다. 얼마 전 뉴질랜드에서는 고양이 가죽으로 만든 깔개 한 장이 106만 원에 팔렸다. 지난겨울 쇼핑몰에서는 천연 고양이 가죽조끼가 8만 원에 판매되었다. 여전히 태국에서는 고양이 가죽뿐 아니라 고양이 고기도 인기다. 《경향신문》에 따르면 우리나라는 일본에 고양이 가죽을 수출했고(1962. 4. 24.), 일본 갱들이 고양이 가죽을 팔아 3억 원을 취득했으며(1972. 2. 9.), 베네수엘라에서는 고양이와 쥐를 사육하는 새로운 산업이 성업(1971. 12. 30.)했다. 부자 되는 법에 관한 한, 우화와 현실이 구분되지 않을 때가 많다. 돈 버는 방법에 관한 한, 현실은 자주 상상을 초월하기도 한다.

자동판매기

최승호

오렌지 주스를 마신다는 게
커피가 쏟아지는 버튼을 눌러 버렸다
습관의 무서움이다

무서운 습관이 나를 끌고 다닌다
최면술사 같은 습관이
몽유병자 같은 나를
습관 또 습관의 안개나라로 끌고 다닌다

정신 좀 차려야지
고정관념으로 굳어 가는 머리의
자욱한 안개를 걷으며
자, 차린다, 이제 나는 뜻밖의 커피를 마시며

돈만 넣으면 눈에 불을 켜고 작동하는

자동판매기를

매춘부賣春婦라 불러도 되겠다

황금黃金교회라 불러도 되겠다

이 자동판매기의 돈을 긁는 포주는 누구일까 만약

그대가 돈의 권능權能을 이미 알고 있다면

그대는 돈만 넣으면 된다

그러면 매음賣淫의 자동판매기가

한 컵의 사카린 같은 쾌락을 주고

십자가十字架를 세운 자동판매기는

신神의 오렌지 주스를 줄 것인가

>>>

돈을 넣고 누르면 무엇이든 나온다. 돈만 넣으면 모든 것들이 자동으로 판매된다. 음료수, 스낵과 인스턴트식품, 책이나 기념품 따위의 온갖 일상용품, 유통이 쉬운 야채나 과일은 물론 광고나 뉴스 따위의 각종 디지털 콘텐츠까지도 나온다. 머지않아 사랑할 파트너뿐만 아니라 숭고한 자비와 구원도 나오게 될 여기는 자동판매기 천국이고, 자본의 오아시스이자 돈의 유토피아다.

돈은 자동화된 판매에 길들어 습관화된 몸을 생산한다. 주스를 마신다는 게 습관적으로 커피 버튼을 눌러 버리는 자동화된 일상. 이것이 바로 "돈만 넣으면 눈에 불을 켜고 작동하는" 돈의 원[ON]이고, 돈의 권능이고, 돈의 신神이다. 돈을 넣어야만 한 컵의 커피를 내주듯, 홍등을 내건 매춘부도 돈을 넣어야만 하룻밤의 쾌락을 내주고, 십자가를 높이 세운 황금교회마저도 돈을 넣어야만 축복과 구원의 다른 이름인 "신의 오렌지 주스"를 내준다.

어제 인풋in-put한 돈만큼 아웃풋out-put되는 하루하루가 성盛스럽고 성性스럽고 성聖스러운 '홍등의 아침'인 까닭이고, 우리가 바로 자동판매기에 사는 '바퀴벌레 일가'(〈바퀴벌레 一家〉)와 다르지 않은 까닭이다. "자동판매기 앞에 혼자서 있다. 옆에는 무구덩이만 한 쓰레기통, 노란 싹이 돋지 않은 종이컵들이 던져져 있다"(〈자동판매기와의 이별〉). 버려진 일회용 종이컵들이 쓰레기통에 쌓여 넘쳐 난다. 자동화된 돈의 회로 속에서 소비된 후 버려지는 우리 욕망의 초상들이다. 자본의 사막이자 돈의 디스토피아다.

성공 시대

문정희

어떻게 하지? 나 그만 부자가 되고 말았네

대형 냉장고에 가득한 음식

옷장에 걸린 수십 벌의 상표들

사방에 행복은 흔하기도 하지

언제든 부르면 달려오는 자장면

오른발만 살짝 얹으면 굴러가는 자동차

핸들을 이리저리 돌리기만 하면

나 어디든 갈 수 있네

나 성공하고 말았네

이제 시詩만 폐업하면 불행 끝

시 대신 진주 목걸이 하나만 사서 걸면 오케이

내 가슴에 피었다 지는 노을과 신록

아침 햇살보다 맑은 눈물

도둑고양이처럼 기어오르던 고독 다 귀찮아

시 파산 선고하고

행복 벤처 시작할까

그리고 저 캄캄한 도시 속으로

폭탄같이 강렬한 차 하나 몰고

미친 듯이 질주하기만 하면

>>>

누군가는 함께 나누는 사랑을, 누군가는 타인에게 미치는 영향력을, 또 누군가는 삶에 대한 만족감을 성공의 조건으로 정의했으나, 뭐니 뭐니 해도 머니money야말로 성공의 가장 확실한 조건임을 부인할 수 없는 시대다. 그러나, 그럼에도 불구하고 여전히, 인간의 가장 위대한 발명으로 총이나 돈이 아닌, 시와 음악을 꼽는 사람을 나는 여럿 알고 있다. 시와 음악이 있어 세상은 살 만하다고 말하는 사람들 말이다.

이 시의 맛은, 값비싼 것들을 선망함으로써 조롱하고, 돈에 쏠리는 스스로를 반성함으로써 고발하는 반어적 진술에 있다. '시 폐업'과 '불행 끝', '시 파산'과 '행복 벤처'가 동의어고 그것들이 곧 '성공'을 보장하는 '시대'를 사는 시인의 아이러니한 고백이랄까. 시인은 노을과 신록, 맑은 눈물, 고독을 귀찮아하고 대형냉장고, 명품 옷, 자동차, 진주목걸이를 갈망하는 우리들 삶을 질타한다.

성공한 사람이 시인이 되는 건, 부자가 천국에 가는 것만큼이나 어려운 일인가 보다. 물질적 풍요 앞에서 영혼은 헐벗고, 돈 앞에서 시는 옹색하기 그지없다. 밤바다를 환히 밝힌 집어등이 제 무덤인 줄 모르고 달려드는 오징어들처럼, 저 휘황한 마천루들이 제 무덤인 줄 모르고 우리는 캄캄한 도시 속을 폭탄처럼 성공 시대를 향해 질주하고 있다. 그러니, 경계하라, 돈으로 밝힌 저 허황한 성공의 불빛을!

돈

김수영

나에게 30원이 여유가 생겼다는 것이 대견하다
나도 돈을 만질 수 있다는 것이 대견하다
무수한 돈을 만졌지만 결국은 헛 만진 것
쓸 필요도 없이 한 3, 4일을 나하고 침식을 같이한 돈
— 어린놈을 아귀라고 하지
그 아귀란 놈이 들어오고 나갈 때마다 집어 갈 돈
풀방구리를 드나드는 쥐의 돈
그러나 내 돈이 아닌 돈
하여간 바쁨과 한가와 실의와 초조를 나하고 같이한 돈
바쁜 돈 —
아무도 정시正視하지 못한 돈 — 돈의 비밀이 여기 있
다

>>>

갈비탕 50원, 야경꾼 20원, 원고료 20원, 번역료 13원으로 기록된 그의 다른 시들을 참고해 보면, 시인이 "만질 수 있"는 여윳돈 "30원"이 얼마나 적은 돈인지를 짐작할 수 있다. 그 푼돈이 생겼다고 "대견"해 하는 건 아무래도 아이러니다.

그 "30원"마저 금세 내 손아귀를 벗어나 "아귀" 같은 "어린(자식)놈" 손에 쥐어져 다른 사람의 손아귀로 흘러갈 것이니, 돈을 들이기 위한 바쁨과 돈이 들어왔을 때의 한가와 돈이 나갔을 때의 긴 실의와 초조만이 오롯이 내 것이다. 내 돈이란 결국 돈 도둑인 '쥐의 돈'에 불과하고 "돈 없는 나는 남의 집 마당에 와서/ 비로소 마음을 쉬는"(〈휴식〉) 아이러니가 여기서 발생한다. 도무지 "정시正視(바로 봄)"할 수 없는 돈의 정체이자 돈의 비밀이다.

돈이 가벼워질수록 몸은 무거워진다. 한가는 짧고, 바쁨과 실의와 초조는 길다. "돈은 없다/ — 돈이 없다는 것도 오랜 친근이다/ — 그리고 그 무게는 돈이 없는 무게이기도 하다". 그 텅 빈 무게가 바로 돈의 무게다. "휴식의 갈망도 나의 오랜 친근한 친구"(〈후란넬 저고리〉)가 되는 고단한 삶의 무게 말이다.

가을 秋

돈이 사람을 울리고 돈이 사람을 속인다.
그러니 우리는 물어야 한다.

"왜 나는 두개골로 말하지 않고
돈으로 말하는가"라고.
"왜 우리는 사람으로 말하지 않고
돈으로 말하는가"라고.

가을의 도박

김경미

낙엽 더미 큰돈처럼 싸 들고

눈시울 붉어져

문밖 뚝 떨어진 날씨와 싸우는 목소리

흰 서리가 자주 창을 막고

뿌연 고통 너머

잡지 못하는 손목이 아프다는 전갈

아직 흔들리는 문고리……

12월이 오면 더는 못 견디고 말겠지

문도 얼고

겨울 흰 눈에 얹혀 수의처럼 사라지겠지

가을의 도박……

>>>

가을에는 뭐든 걸고 싶다. 벽공碧空과 흰 구름에게, 싸늘한 떠돌이 바람에게, 고단한 낙엽의 발목에게, 추파秋波에게, 첫서리에게, 무엇이든 걸고 싶어진다. 그러나 가을에 거는 것들은 떨어져 날리기 마련이다. 12월이 오면 더는 못 견디고 얼어 버릴 테니. 뚝 떨어진 날씨와 흰 서리가 가을의 판돈을 까먹을 테고, 싸 들고 온 "낙엽 더미 큰돈"도 흰 눈에 얹혀 수의처럼 사라질 테니.

"뚝 떨어진 날씨", "싸우는 목소리", "잡지 못하는 손목", 그리고 "흔들리는 문고리"……. 무슨 일이 있었던 걸까. "눈시울 붉어"지는 "뻐연 고통"을 시인은 묘사하지 않고 설명하지 않는다. 단지 우리는 짐작해 볼 뿐이다. 하루를 사는 게 도박이라고. 한 사람을 만나고 한 사람과 헤어지는 게 도박이고, 한 의자와 한 문을 지키는 게 도박이고, 한 삶을 살아 내는 게 도박이다. 전력투구해야 하는 세상 모든 게 도박이다.

"일수 빚처럼 매일 한 번씩 찾아오는/ 노을과/ 우울"(〈부엌에 대하여〉)이랬거니, 밀려오는 가을 노을은 밀린 일수 빚만 같고, 시적시적 늘어 가는 가을 우울은 느는 대출이자만 같다. 그러니 가을이면 뭐든 걸고 싶어지는 것이리라. 오래전 낙엽을 "망명정부의 지폐"라 읊은 시인이 있었거늘, 뒹구는 저것들, 쌓이는 저것들 오늘은 죄다 판돈만 같다. 도처에 쓸쓸한 낙엽들 수북하다. 에이, 어디로든 싸들고 튀고 싶다.

가방 멘 사람

이상국

나 젊어서 회사 다닐 때
우리 선생님 이따금씩 가방 메고 오셨지

중학교 시절 담임을 하셨는데 풍을 맞고
있는 재산 다 날리고는 커다란 가방 메고 다니셨지

처음에는 문학전집이나 백과사전을 가지고 다니시다가
몇 해 지나면서 양말이나 은단을
나중에는 빈 가방 메고 다니셨지

한쪽 발을 끌며 먼 세상 걸어 다니셨지

비 오다 그치고

여기저기 전깃불이 들어오는 저녁

커다란 가방 메고 가는 사람 보니

우리 선생님 생각난다

>>>

어릴 적 미제 아줌마, 화장품 아줌마, 야쿠르트 아줌마들은 커다란 가방을 메고 가가호호를 방문하곤 했다. 시골에서 특산품을 이고 지고 메고 왔던 시골 아줌마도 있었다. 우리는 그들을 세일즈맨, 외판원, 방판원(방문판매원), 잡상인, 보따리 장수라 부른다. 나도 이 가방 저 가방을 메고 이 대학 저 대학 보따리 강사를 다녔던 적이 있다. 가방을 메고 발품 파는 이들의 꿈은, 자신이 팔려는 것을 한곳에서 파는 것일 게다.

가방을 메기 시작하면서 우리는 삶에 입문한다. 메고 다니는 가방의 크기야말로 고단한 삶의 징표다. 중학교 선생님을 하다 풍을 맞은 "우리 선생님"이 "문학전집이나 백과사전", "양말이나 은단" 따위가 담긴 커다란 가방을 메고 한쪽 발을 끌며 지인들을 찾아다니며 팔았던 것은 자신의 과거였을 것이다. 그리고 급기야 "빈 가방"을 메고 다니며 팔았던 것은 자신의 미래였을 것이다. 그의 생이 커다란 가방 속처럼 어둑하다.

오늘도 우리는 스스로를 팔기 위해 처진 어깨에 제 가방을 메고 정글 세상으로 나아간다. "동서울터미널 늦은 포장마차에 들어가/ 이천 원을 시주하고 한 그릇의 국수 공양供養을 받았다// (…)// 오늘밤에도 어딘가 가야 하는 거리의 도반道伴들이/ 더운 김 속에 얼굴을 묻고 있다"(〈국수 공양〉). 이 공양의 힘으로 어깨에도 힘이 좀 들어갔으면 좋겠다. 모쪼록 두 발이라도 튼튼했으면 좋겠다.

내 인생의 브레이크

하상만

먹고살 길이 막막해서 운수회사에 찾아갔어

25톤 트럭 몰고 서울에서 부산까지 왔다 갔다 하면

제법 돈이 될 거라 생각했는데

나이는 몇이냐

결혼은 했느냐

아이는 있느냐

사장님의 질문에 척척 대답하고 나니

25톤 트럭은 영 못 몰 거라네

마누라 있고 애도 있고 해서 버는 김에

확 벌어야겠는데

어째서 그러냐고 물었더니

거저 180은 밟아줘야 수지가 맞는데

조심성이 생겨서 그럴 수야 있겠는가

100만 넘어도 발바닥이 올라가니
처자식이 브레이크야, 브레이크
이러더구먼
지금은 5톤 트럭 몰고
가까운 데나 조심조심 왔다 갔다
하고 있지

>>>

브레이크가 강력해야 자동차가 안전하듯 인생의 브레이크가 튼튼해야 삶이 안전하다. 사람들은 자신의 인생에서 브레이크와 후진이 없기를 기도하지만, 살다 보면 브레이크나 후진 페달을 밟아야 하는 때도 있는 법이다. 인생은 속도전이 아니다. 잠시, 잠시, 브레이크를 지그시 밟아 줘야 한다. 버려야 얻고, 멈춰 서야 나아가는 게 세상 사는 이치다.

"버는 김에/ 확 벌어야겠다"는, '벌 수 있을 때 바짝 벌어야 한다'는 말과 같은 말이다. '액셀러레이터는 밟을 수 있을 때 힘껏 밟아줘야 한다'는 말과는 근친이다. 사람이든 자동차든 달릴 수 있을 때 달려 줘야 충전이 되고 엔진도 탄력을 받아 길이 나는 이치일 것이다. 그러나 브레이크 없이 단지 액셀러레이터에 내맡겨진, 아니 내몰리는 사람들이 있다. "제법 돈이" 되기에 "거저 180은 밟아" 대는 사람들이 많은 사회는 불행하다.

'처자식'이 내 인생의 브레이크라니! 액셀러레이터에 내몰린 인생에서 '처자식' 있어 브레이크를 밟을 수 있고 브레이크를 밟을 수밖에 없다니. 그러니, 인생 운전에서 '처자식'은 신의 한 수랄밖에!

내가 못 본 이야기를 해 봐요

신현림

내가 못 본 이야기를 해 봐요
모르는 사연, 모르는 음악을
막 씻은 야채처럼 신선한 말을
하늘 아래 새로운 것 없나니
성경 말씀처럼 다 어디선가 들은 소리
어디선가 본 사람 언젠가 본 이미지

앤디 워홀이 말했죠
"돈이 되는 건 모두 예술"이라고
돈이 안 되면 예술도 쓰레기가 되고
안 팔리는 책이 재활용 종이로 돌아가면 다행인가요?
나는 얼마죠?
당신은 얼마면 사나요?

돈이 많으면 쉬 늙고, 돈 없으면 없는 대로
인생이 간단하단 사실을 생각해 봐요
다들 돈의 감옥, 권태의 감옥으로
찰칵, 찰칵, 찰칵
스스로를 가두는 이기적인 힘에 끌려가죠
찰랑, 찰랑, 찰랑
무슨 일이든 감정의 물결이 일어나야만 해요
돌아 버리겠어요
주기보다 가진 것을 더 많이 떠드는 세상살이
뻔한 인생살이가 지루해서 돌아가시겠어요

무라카미 류의 《69》에서 나왔죠

"상상력은 권력을 쟁탈한다"고
이 시대에 딱 맞는 얘기죠
돌들이 사랑 넘치는 빵이 되거나
황사 대신 향기로운 장미잎들이 불어오거나
전쟁터에 쏟아진 포탄이 빼빼로 과자거나

말랑말랑한 사랑의 상상력이 그리워요
가지려고만 드는 세상에서
남 주고, 나누고, 보살피는 손들이 그립고
사랑 넘칠 나 자신이 그리워요

>>>

돈과 매스미디어, 스타와 정치가, 인기와 브랜드를 좇는 사람. '돈벌이에 성공한 기계'가 되고 싶고, 돈을 버는 것이 하나의 직업이고 예술이라 생각하는 사람. 20세기 미국 문화의 아이콘, 앤디 워홀만의 이야기가 아니다. 지금-여기의 우리들 이야기다. 한데 시인은 무라카미 류의 《69》에서 읽었던 "상상력은 권력을 쟁탈한다"는 구절에 맞장구친다. "돌들이 사랑 넘치는 빵이 되거나/ 황사 대신 향기로운 장미꽃잎들이 불어오"는, 그런 상상력을 그리워한다. "돈의 감옥"이 "권태의 감옥"이고, 그런 감옥 속에서의 "뻔한 인생살이"가 "지루해서 돌아가시겠"다니, 시인이 말하고 싶은 제목의 "내가 못 본 이야기"는 곧 '내가 보고 싶은 이야기'겠다.

이 대책 없는 편식의 상상력이 실은 "사랑의 외투란 외투 나를 감쌀 수도 없이/ 까마득한 구덩이 속으로 처박힌/ 나의 계급은 신빈곤층"(〈백수의 나날〉)으로 만든 원흉이었을 텐데도, 시인은 아랑곳하지 않는다. 오히려 "정신의 빈곤은 죽음"이라며 돈벌이에 지친 세상을 향해 주문처럼 "제기랄, 바뀌져라, 바뀌져라."(〈오백원 대학생〉)를 외치곤 한다. 그러나, 사람들은 여전히 이렇게 물을 것이다. 혁명을 꿈꾸는 시인의 '정신'은 얼마죠? 당신의 "말랑말랑한 사랑의 상상력"은 얼마면 사나요?

곁장이 나달나달했다

전동균

말기 췌장암 선고를 받고도 괜찬타, 내사 마, 살 만큼 살았데이, 돌아앉아 안경 한 번 쓰윽 닦으시고는 디스 담배 피워 물던 아버지, 병원에 입원하신 뒤 항암 치료도 거부하고 모르핀만, 모르핀만 맞으셨는데 간성 혼수*에 빠질 때는 링거 줄을 뽑아 던지며 살려 달라고, 서울 큰 병원에 옮겨 달라고 울부짖으셨는데, 한 달 반 만에 참나무 둥치 같은 몸이 새뼈마냥 삭아 내렸는데, 어느 날 모처럼 죽 한 그릇 다 비우시더니, 남몰래 영안실에 내려갔다 오시더니 손짓으로 날 불러, 젖은 침대 시트 밑에서 더듬더듬 무얼 하나 꺼내 주시는 거였다 장례비가 든 적금통장이었다

*간성肝性 혼수: 간이 해독 작용을 못해서 암환자들이 겪는 발작, 혼수상태.

>>>

아버지는 어디에서 시작되어 무엇으로 끝나는가? 세상을 알기 시작하면서 아버지와 불화했다. 밥벌이를 시작하면서 아버지를 이해했고, 밥벌이에 좌절하면서 아버지를 용서했다. 그리고 자식을 낳고 키우면서야 아버지와 화해했고, 아버지가 세상을 떠나시고 나서야 아버지를 사랑하게 됐다. 세상 모든 아버지는 돌아가신 뒤에야 완성되는 존재다. 아버지를 이어 살아 내면서 완성시켜야 하는 존재다.

내 아버지도 그러셨다. 당뇨 판정을 받으시고도, 여한 없이 살 만큼 살았다, 먹던 대로 먹다가 갈란다, 하시고서는 병원도 싫다 약도 싫다시며, 반주飯酒도 담배도 개고기도 홍어도 다 드시다 가셨다. 180센티미터의 아버지는 돌아가시기 직전 47킬로그램 남짓이었다. 사이다와 요깡(양갱)을 드시고 싶다더니, 가뿐하게 뜨셨다. 채 다 못 쓰신 병원비 통장을 지금껏 가족 대소사에 쓰고 있다.

암종과의 거룩한 사투를 대변하고 있는 줄글 형태의 긴 문장은 "장례비가 든 적금통장이었다"로 수렴된다. 한평생이 '거룩한 허기'였을 터이니, "장례비가 든 적금통장" 겉장이 "새뼈마냥 삭아 내려" 나달나달할 만도 하다. "살과 뼈를 태우고/ 핏속의 암종도 다 태우고/ 반 평 흙집에 홀로 계신 아버지"의 추운 겨울이 걱정되어 "아버지 계신 쪽으로/ 슬쩍, 더운 국밥 그릇을/ 옮겨 놓는 아침"(〈서리가 내렸다〉)이다.

본전 생각

최영철

파장 무렵 집 근처 노점에서 산 호박잎
스무 장에 오백 원이다
호박씨야 값을 따질 수 없다지만
호박씨를 키운 흙의 노고는 적게 잡아 오백 원
해와 비와 바람의 노고도 적게 잡아 각각 오백 원
호박잎을 거둔 농부의 노고야 값을 따질 수 없다지만
호박잎을 실어 나른 트럭의 노고도 적게 잡아 오백 원
그것을 파느라 저녁도 굶고 있는 노점 할머니의 노고도 적게 잡아 오백 원
그것을 씻고 다듬어 밥상에 올린 아내의 노고는 값을 따질 수 없다지만
호박잎을 사 들고 온 나의 노고도 오백 원

그것을 입안에 다 넣으려고

호박 쌈을 먹는 내 입이

찢어질 듯 벌어졌다

>>>

호박잎도 초가을이면 끝물이다. 쇠지는 않을까 걱정하며 호박잎 1킬로그램 7,800원에 인터넷 주문을 한다. 소고기나 참치를 넣은 강된장에 푸릇하게 쪄낸 호박잎 쌈을 해 먹을 요량이다. 보리밥이나 갈치속젓을 곁들이면 금상첨화. 쌈 싸 먹고 남은 호박잎은 바락바락 으깨듯 비벼 짠 후 진한 쌀뜨물에 들깨 가루를 넣고 구수한 호박잎 된장국을 끓여 먹어야겠다.

이 시가 처음 발표된 게 10여 년 전이긴 해도, 이 맛난 식재료 값이 "스무 장에 오백 원"이라니 싸도 너무 싸다. 시인의 셈법에 따르면 호박잎을 둘러싼 흙, 해, 비, 바람, 트럭, 노점 할머니, 자신의 노고 들이 각각 500원씩이니 도합 3,500원. 물론 호박씨 값은 물론 농부와 아내의 노고는 셈하지 않은 값이다.

본전 오백 원 내고 "적게 잡아" 3,500원짜리 호박잎 쌈을 먹으니, 입이 찢어지지 않을 리 없다. 알고 보면 세상엔 공짜, 아니 돈으로 환산되지 않는 노고들이 '천지삐까리'다. 그 노고들이 우리 영혼까지를 살찌우는, 이름하여 자연이고 사랑이다. 그러니 시인의 셈법으로 따진 "본전 생각"이 우리의 비전이다. 이쯤 되면 '밑져야 본전'이라는 말도 다시 해석되어야 한다!

프란츠 카프카

오규원

— MENU —

샤를르 보들레르	800원
칼 샌드버그	800원
프란츠 카프카	800원
이브 본느프와	1,000원
에리카 종	1,000원
가스통 바쉴라르	1,200원
이하브 핫산	1,200원
제레미 리프킨	1,200원
위르겐 하버마스	1,200원

시를 **공부**하겠다는

미친 제자와 앉아

커피를 마신다

제일 값싼

프란츠 카프카

>>>

위의 메뉴가 시인, 소설가, 석학의 이름이라는 걸 눈치챘다면 당신의 인문학적 소양은 양호하다. 메뉴의 절반쯤을 읽었다면 당신의 문학적 소양은 매우 양호하다. 대체로 모든 메뉴의 책들을 한 권 이상씩 읽었다면 당신이야말로 우리 시대를 대표하는 지성인이다.

1980년대 초 우리나라에서 즐겨 읽혔던, 세계적인 문인들과 석학들의 이름을 커피 메뉴판의 항목으로 끌어다 놓은 재미난 시다. 물론 메뉴의 가격은 당시의 커피값으로 환산해 놓은 저자의 책값일 것이다. 지금과 비교하면 책값 한번 싸다. 역시나 시집 가격이 제일 싸다. 인문학적 지성과 감성이 커피 한 잔의 가격으로 상품화되고 물화되는 현실을 보여 주고 있다. 리스트레토 비안코 5,500원, 자바 칩 프라푸치노 6,400원, 아포카토 6,000원, 에스프레소 초코칩 프라페노 5,500원, 캐러멜 마키아토 5,900원…… 이런 메뉴판이 더 익숙하다면 당신은 우리 시대를 잘 살아 내고 있는 거다.

"시를 **공부**하겠다는/ 미친 제자"라는 구절에는, 일차적으로 시란 절대로 공부로 되는 것이 아니며, 이차적으로는 이 돈의 시대에 세계의 위대한 문학가들이 1,000원 안팎에 팔리는 현실 속에서 시를 공부한다는 것은 무녀리 노릇이라는 '일타쌍피'의 의미가 담겨 있다. 이래저래 '**공부**'의 대상이 아닌 시를 쓰고 시를 가르치는 시인에 대한 냉소가 씁쓸하다.

전어

김신용

참, 동전 짤랑이는 것 같기도 했겠다

한때, 짚불 속에 아무렇게나 던져져 구워지던 것

비늘째 소금 뿌려 연탄불 위에서도 익어 가던 것

그 흔하디흔한 물고기의 이름이 하필이면 전어錢魚라니—

손바닥만 한 게 바다 속에서 은빛 비늘 파닥이는 모습이

어쩌면 물속에서 일렁이는 동전을 닮아 보이기도 했겠다

통소금 뿌려 숯불 위에서 구워질 때, 집 나간 며느리도 돌아온다는

그 구수한 냄새가 풍겨질 때, 우스갯소리로 스스로 위로하는

그런 수상한 맛도 나지만, 그래, 이름은 언제나 상형象形의 의미를 띠고 있어

살이 얇고 잔가시가 많아 시장에서도 푸대접 받았지만

뼈째로 썰어 고추장에 비벼 그릇째 먹기도 했지만

불 위에서 노릇노릇 익어 가는 냄새는, 헛헛한 속을 달래 주던

장바닥에 나앉아 먹는 국밥 한 그릇의, 그런 감칠맛이어서

손바닥만 한 것이, 그물 가득 은빛 비늘 파닥이는 모습이

그래, 빈 호주머니 속을 가득 채워 주는 묵직한 동전 같기도 했겠다

흔히 '떼돈을 번다'라는 말이, 강원도 아오라지쯤 되

는 곳에서

아름드리 뗏목 엮어 번 돈의 의미를, 어원으로 가지고 있다는 것을 알면

바다 속에서, 가을 벌판의 억새처럼 흔들리는 저것들을

참, 동전 반짝이는 모습처럼 비쳐 보이기도 했겠다

錢魚,

언제나 마른 나뭇잎 한 장 같던 마음속에

물고기 뼈처럼 돋아나던 것

>>>

팔월 전어는 개도 안 먹는다는 말은 이제 무색해졌다. 봄 전어도, 여름 전어도 대박들이다. 그럼에도 전어 하면 시월, 가을 하면 전어다! 뼈째 먹는 전어회무침는 그 식감과 단맛이 단연 최고다. 고소한 맛을 원한다면 구이로 먹어야 한다. 집 나간 며느리가 돌아올 때까지, 잘잘 기름이 돌 때까지, 노릇노릇 숯불이나 연탄불에 구워야 제맛이다. 잔가시는 물론 뼈, 머리, 내장까지도 다 먹어야 고소함의 깊이가 완성된다. 그 맛이 얼마나 고소했으면 가을 전어 대가리엔 참깨가 서 말이라 했을까.

그런데 전어는 왜 '錢魚'일까? 옛글에 따르면 가을 전어 한 마리가 비단 한 필 정도였음에도 맛이 좋아 돈 생각하지 않고 사 먹었다고 해서 전어라 했다지만, 시인의 말대로 "손바닥만 한 게" "(은)동전 짤랑이는 것 같기도" 하고. 헛헛한 속을 달래 주는 그 기름진 맛이 "빈 호주머니 속을 가득 채워 주는 묵직한 동전 같기도 해"서 전어가 되었을 법도 하다. 그러니 나는 이제 전어를 '쩐어'라 부르겠다. 어쩐지 돈 생각이 "마른 나뭇잎 한 장 같던 마음속에/ 물고기 뼈처럼 돋아"나는 것 같지 않은지. '떼돈' 생각이 굴뚝같은 이 가을엔 어쨌든 '쩐어'다!

추석 무렵

맹문재

흙냄새 나는 나의 사투리가 열무 맛처럼 담백했다
잘 익은 호박 같은 빛깔을 내었고
벼 냄새처럼 새뜻했다
우시장에 모인 아버지들의 텁텁한 안부인사 같았고
돈이 든 지갑처럼 든든했다

빨래줄에 널린 빨래처럼 평안한 나의 사투리에는
혁대가 필요하지 않았다
호치키스로 철하지 않아도 되었고
일기예보에 귀 기울일 필요가 없었다

나의 사투리에서 흙냄새가 나던 날들의 추석 무렵
시내버스 운전사의 어깨가 넉넉했다

구멍가게의 할머니 얼굴이 사과처럼 밝았다

이발사의 가위질 소리가 숭늉처럼 구수했다

신문대금 수금원의 눈빛이 착했다

>>>

'처럼'으로 엮인 직유의 매듭과 촌스럽기 그지없는 순박한 환유의 두름이 우리를 무장해제시킨다. 저 "흙냄새 나는 나의 사투리"가 불러들이는 것들은 무엇인가. 저 고향의 말은 어떻게 곰살스럽고 나긋해지고 있는가. 시내버스 운전사, 구멍가게 할머니, 이발사, 신문대금 수금원……. 고향을 떠나 도시에서 생계를 꾸리는 필부필부의 어깨, 얼굴, 손길, 눈빛이 핏줄과 본향을 향해 한껏 기울고 있다.

하늘은 청신하고 바람은 선량하다. 세상은 잘도 익어서 돈이 든 지갑처럼 든든하다. 그 맛은 담백하고 냄새는 새뜻하고 소리는 구수하다. 사람들 눈꼬리 입꼬리가 한결 순해져 바라보는 시선 또한 멀고 깊다. 그러니, "대출이자는 홋대처럼 저 멀리에서/ 다시 손짓하고 있"(〈이자를 향해 달린다〉)더라도 잠시 접어 두자. "아파트 관리비며 도시가스비며 전기세며 아이들 학원비를/ 구호를 외치며 납부"(〈착지점, 이자〉)해야 하더라도 그것들도 잠시 묻어 두자. 서울에서 나고 자란 사람들조차도 네온사인 불빛에서 고향을 느끼는 추석 무렵이라 하지 않는가. 수구초심首丘初心의 무렵이라 하지 않는가.

우리들 추석 무렵 또한 한가위 보름달만 같기를, 그 달빛을 마음의 랜턴 삼아 남은 한 해 비출 수 있기를, 얄따란 돈지갑도 덩달아 두둥실 두둑해지기를, 더도 말고 덜도 말고 딱 이 시만 같기를!

고춧값

김용택

어머니,

올해도 어머니 맘과 하늘의 마음은

서로 잘 맞아 곡식들이 이렇게 저렇게

소담스럽습니다.

사람들은 콩 심으랄 때 고추 심고

고추 심으랄 때 콩 심었으나

어머님은 이제나 저제나 고추를 심으셨습니다.

저렇게 보기도 좋은 곡식을 자식들같이 가꾸어

이렇게 먹기도 좋게 다듬어서

누구 좋은 일만 시키고

어머니, 어머님은

쭉정이나 벌레 먹은 것들을 잡수시며 사셨습니다.

잘되면 잘되어 걱정

안 되면 안 되어 걱정으로
고추가 저렇게 불송이같이 이글거리는데
어머님과 한마디 상의도 없이
올해도 고춧금은 똥금입니다.

>>>

간장이나 된장, 소금에 절인 고추는 내 밥상의 감초다. 어지간한 요리에 빼놓지 않는 청양고추는 내 요리의 방점이다. 쌈장에 찍어 먹는 풋고추나 오이고추는 내 식욕의 마지막 비상구다. 멸치랑 볶은 꽈리고추조림, 고명으로 얹는 붉은 고추, 갖은 양념을 소로 넣어 튀긴 고추튀김, 밀가루를 묻혀 쪄낸 후 무친 고추무름과 튀겨낸 고추튀각, 무생채와 함께 버무린 고추김치에 이르기까지 고추가 들어간 음식을 나는 다 좋아한다.

늦은 출근길, 아파트 단지에 일렬로 주차된 자동차들 중 하나가 불타는 듯하다. 보닛, 지붕, 트렁크 위에 촘촘히 널어놓은 고추가 "불송이같이 이글"거렸다. 햇고추가 출하되었구나, 저게 바로 태양초지, 가을맞이 전위예술품이 따로 없네, 싶었다. 올해 고추가 유난히 맛이 좋고 가격도 반값이니 고춧가루를 넉넉히 준비해야겠다는 친정 엄마의 저녁 전화 한 통!

"올해도 고춧금은 똥금"인지라, 20여 년 전에 발표된 시인데도 절실하기만 하다. 고추 농사가 잘돼 생산량이 크게 늘어난 데다 수입으로 재고량까지 많아져 가격이 반토막이겠다. 생산비도 못 건지는 상황이다. 군의회나 농민회는 고추 국가수매제 조기 실시, 가격 보장, 중국산 고추의 수입 중단, 고추 농가에 대한 지원 대책 마련 등을 촉구하는 결의문을 잇달아 채택하겠다. 마늘, 햇고구마, 감자, 옥수수, 벼까지도 걱정이겠다. 농심에 시름이 깊겠다.

소릉조小陵調 70년 추석秋夕에

천상병

아버지 어머니는
고향 산소에 있고

외톨배기 나는
서울에 있고

형과 누이들은
부산에 있는데,

여비가 없으니
가지 못한다.

저승 가는 데도

여비가 든다면

나는 영영
가지도 못하나?

생각느니, 아,
인생은 얼마나 깊은 것인가.

>>>

"가난은 내 직업"(〈나의 가난은〉)이라며 가난을 축복이자 긍지로 삼았던 시인이 있다. 가난했기에 막걸리 한 사발, 담배 한 갑, 버스표 한 장에 행복해 했다. "저녁 어스름은 가난한 시인의 보람"(〈주막에서〉)이라며 스스로를 "세계에서/ 제일/ 행복한 사나이"(〈행복〉)라 여겼던 우리의 천상병 시인이야말로 이 돈의 시대에 천생 시인이고 성자 시인이라 할 만하다.

시인은 가난을 빈곤이나 궁핍으로 느끼지 않았고 가난이 인간의 위의威儀와 인간다움을 다 빼앗을 수 없다고 믿었음에 분명하다. "잘 가거라/ 오늘은 너무 시시하다"(〈크레이지 배가본드〉)며 이 자본의 세상으로부터 그 어떤 부자보다 더 멀리 나아갔고 더 높이 날아갔다. 시인을 시인으로서 멀리 보게 하고 높이 살게 했던, 그런 가난의 위엄은 다 어디로 갔을까?

그런 시인도 명절과 가족 앞에서는 가난의 막막함을 통감했나 보다. 두보의 호號가 '소릉少陵野老'이니, 제목 '小陵調'(小와 少는 통용되기도 한다)는 두보풍으로 가난을 읊는다는 뜻일 게다. 추석인데도 여비가 없어 귀향은커녕 성묘도 못하는 형편을, 안록산의 난으로 가난하게 타향을 떠돌았던 두보의 처지에 빗대고 있다. "인생은 얼마나 깊은 것인가."라는 끝 구절에, 두보의 "소릉의 촌로는 울음을 삼키고 통곡하며[少陵野老呑聲哭]"라는 시 구절을 덧대 읽는다.

다보탑을 줍다

유안진

고개 떨구고 걷다가 다보탑多寶塔을 주웠다
국보 20호를 줍는 횡재를 했다
석존釋尊이 영취산에서 법화경을 설하실 때
땅속에서 솟아나 찬탄했다는 다보탑을

두 발 닿은 여기가 영취산 어디인가
어깨 치고 지나간 행인 중에 석존이 계셨는가
고개를 떨구면 세상은 아무 데나 불국정토 되는가

정신차려 다시 보면 빼알간 구리동전
꺾어진 목고개로 주저앉고 싶은 때는
쓸모 있는 듯 별 쓸모없는 10원짜리
그렇게 살아왔다는가 그렇게 살아가라는가.

>>>

땅에 떨어진 십 원짜리는 아이들도 줍지 않는다. 학교 앞 문구점에서조차도 십 원 단위의 물건을 팔지 않기 때문이다. 걸음을 멈추고 허리를 굽혀 손이 더러워지는 걸 감수하면서 십 원짜리를 줍는다는 것은, 화폐가치가 노동가치를 밑도는, 말 그대로 밑지는 장사다. 그러나, 이런 십 원짜리가 시인에게는 "횡재"란다. 십원을 줍는다는 건 거기에 새겨진 국보 다보多寶탑을 줍는 것이기 때문이란다. 석가여래가 영취산에서 법화경을 설하셨을 때 그 설법에 찬탄한 다보불佛이 땅에서 보寶탑을 솟게 했다는 다보탑의 유래를 떠올려 보자. 십 원짜리를 줍는 순간 시인은 석존釋尊이 되고 그가 건네는 말이 곧 법화경이 아니겠는가. 어디 그뿐인가. 그가 멈춰 선 곳이 영취산일 것이고 세상이 곧 불국정토 아니겠는가.

실은 우리 필부필부들이 십 원짜리 동전처럼 그렇게 "쓸모 있는 듯 별 쓸모없"이 살아왔고 또 그렇게 살아갈 터이지만, "꺾어진 목고개로 주저앉고 싶은 때"에는 이런 유쾌한 반전을 꿈꾸어 보자. 교환가치보다는 사용가치로, 사용가치보다는 의미가치로 환산해 보자. 우리는 매일 전세 오천만 원짜리 집으로 귀가하는 게 아니라 세상에 하나밖에 없는 오아시스로 귀환하는 것이다. 시급 사천 원이든 사만 원이든, 우리는 매일 일용할 하루의 양식을 구하는 것이다. 이 또한 횡재 아니겠는가. 별 쓸모가 없어 여기저기 방치된 십 원짜리 동전 모으기, 아니 '다보多寶'탑 줍기 운동이라도 벌여야겠다.

용병 이야기

김종철

그날 우리는 짐을 싸면서도 용병인 줄 몰랐다. 끗발이나 빽도 없는, 대가리 싹뚝 민 개망초 보병들이다. 야간 군용 트럭으로 잠입한 오음리 특수훈련장, 이른 기상나팔에 물구나무 선 참나무, 소나무, 굴참나무. 아침 점호에 같이 고향을 본 후 힘차게 몇 개의 산을 넘었다. 이빨까지 덜덜거리는 상반신 겨울, 주는 대로 먹고, 찌르고, 던지고, 복종하는 훈련병. 정곡을 찌르는 기합에, 겨울 새떼들은 숨죽이며 날아올랐다. 하루 일당 1달러 80센트에 펄럭이는 성조기, 우리는 조국의 이름으로 낮은 포복을 하였다.*

오음리의 겨울은 이제 누구도 더 이상 귀 기울이지 않는다. 생선에게 고양이를 맡기든 말든 죽은 시인도 죽은 척할 뿐이다.

*통킹만 사건(1964년)을 빌미로 미국의 베트남전이 시작됐다. 2005년 10월《뉴욕 타임스》는 이 사건이 조작된 것이었음을 밝혔다.

>>>

1965년 10월에는 해군 청룡부대가, 11월에는 육군 맹호부대가 대통령과 국민들의 환송을 받으며 베트남을 향해 떠났다. 1973년까지 매년 평균 4만 8천여 명이 주둔했으며 5천여 명의 전사자와 2만여 명의 부상자가 발생했다. 그리고 지금껏 10만여 명이 고엽제 피해로 고통을 받고 있다.

"세상을 바꾸는 단 한 줄 시를 위해/ 참전한다고 호기 있게 쓴 편지"(〈빨간 팬티〉)가 친구 손에 닿기도 전에, "GNP 103달러밖에 안 된 피죽도 먹기 힘들었던 그 당시, 미국과는 참전 수당으로 1인당 월 200달러 받기로 계약했지만, 정부는 월 30~40달러만 지급하고 국가경제 부흥 명목으로 차압"(〈슬픈 고엽제 노래〉)해 '하루 일당 1달러 80센트'가 되었다는 걸 알게 된 파월 장병들. "하늘에서 무심결 뿌려지는 물보라에 입 벌려 맛본 고엽제. 에디트 피아프의 〈고엽〉에 기도했던 우리는 슬픈 용병"(〈나라가 임하오시며〉)이었던 그들에게 베트남전은 "생선에게 고양이를 맡"겼던 참극이었다. 돈의 전쟁이었다. 그리고 파월 장병 훈련장이 있던 '오음리'(강원도 화천군)는 잊고 싶은 그러나 잊을 수 없는 곳이 되었다.

1970년대 초, 라디오에서는 김추자가 경쾌한 목소리로 "월남에서 돌아온 새까만 김 상사"의 금의환향을 노래했으나, 우리 동네에는 '월남'에서 돌아온 상이군인이나 생활불능자들이 더 많지 않았던가.

시詩 통장

천양희

시를 쓰니 세상에 빚 갚는 것이고
의지할 시를 자식처럼 키우니 저축 아닌가
그래서 나는 절로 웃음이 난다네
시시시時視詩 가득한 통장에
마이너스는 없다네

詩앗 뿌렸으니 세상에 보시하는 것이고
시 한 섬 거두었으니 추수한 것 아닌가
그래서 나는 절로 웃음이 난다네
시시시 가득 찬 통장에
마이너스는 없다네

하늘은 모든 것을 가져가고

시라는 씨앗 하나 남겨 주었다네

그래서 시 통장에

시인이란 없다네

>>>

일찍이 함민복 시인은 시 한 편을 '쌀 두 말' 값으로, 시 70여 편이 묶인 시집 한 권을 '국밥 한 그릇' 값으로, 그 시집이 한 권 팔리면 시인에게 돌아오는 인세를 '굵은 소금 한 됫박' 값으로 시의 실물거래가를 책정해 놓은 바 있다. 몇 날 며칠을 끙끙대야 겨우 한 편 나오는 시만 써서는 도무지 밥 벌어먹고 살기 어려운 시대다.

그럼에도 불구하고, 천양희 시인은 "시 쓰는 일이 가장 죄 없는 일"이라서 시만 쓰며 시에 "순정을 바치고 운명을 걸"고 있다. "시가 밥 먹여 주냐, 고/ 시답잖게 말하는 사람들" 사이에서 "시업이 내 생업일까 싶다가도/ 생업이 실업이나 안되"(〈직업〉)기를 바라는 때로 소심한, "원고료도 주지 않는 잡지에 시를 주면서/ 정신이 밥 먹여 주는 세상을 꿈꾸면서/ 아직도 빛나는 건 별과 시뿐이라고 생각하"(〈시인은 시적으로 지상에 산다〉)는 대체로 당당한, 전업시인이다.

세상에 빚을 갚고 세상에 보시하기 위해 시를 쓴다니, 그 시들 세상에 바치는 이자이자 원금이고, 저금이자 시줏돈이겠다. 시를 의지할 자식처럼 키운다니, 그 시들 죄다 씨앗이자 열매겠다. 세상에 돌고 도는 그 흔한 돈이, 딱 시만 같았으면 좋겠다. 사람들 모두 가슴에 시 통장 하나씩 만들어 시시시 가득한 시 부자가 되었으면 좋겠다. "시에 세상 답이 있더군", "시인의 마음에 길이 있더군"이라 덕담해 주셨던 한 어른의 말씀이 떠오른다. 돈돈돈 대신 시시시를!

습관

박성준

계속해서 내 것이 기억나지 않는다
여무는 길 바깥으로 존댓말을 가르쳐준 시월

거리에서 손님 뺨을 때리는
주인의 두 귀가 붉어질 때쯤
고개를 젓는 행인들의 조용한 약속만을 생각한다
왜 눈을 감으면
빛과 눈꺼풀이 만나 선홍으로 차오르는지

환하게 경련이 일어나는 왼쪽 끝에서
손님은 무릎을 털고 일어나고
햇살은 당분간의 질문을 감추며 두리번, 뺨에 와 엉킨다

나는 큰 눈물을 기다리고 있고
손님은 더 큰 눈물을 참고 있다

거리는 더 이상 손님일 수 없는 구름
누구 때문에 단풍은 수차례 붉고
슬그머니 숟가락을 쥐는지
국밥에 용해되지 않는 후추가 목구멍을 턱턱 친다

보일러가 돌지 않는 방에
전화라도 나는 한 통 넣고 싶었다

주인은 다시 친절해지고
나는 안주머니 지갑을 만지작거렸다

>>>

시인은 "손님 빰을 때리는/ 주인"을 보았나 보다. 돈 없이 시켜 먹은 국밥의 대가였을까? 빰 맞는 걸 지켜보는 '나'의 몫이란 단지 "슬그머니 숟가락을 쥐"고 "국밥에 용해되지 않는 후추"를 삼키는 일뿐. 큰 눈물을 삼키고 있을 손님의 마음이라든가, 단풍 깊은 계절인데도 보일러가 돌지 않았을 손님의 방이라든가, 잠시 텅 빈 지갑을 만지작거렸을 손님의 손 등을 가늠해 보면서 말이다.

주인에게 봉사하는 노예의 생존 방식이 '노동'이라고 일갈했던 이는 헤겔이었다. 오늘날에는 '노동' 대신 '돈'이 되었다. 손님 지갑에 돈이 있는 한 주인은 '을'이지만, 돈이 없었을 때 주인은 '갑'이다. 자기 몫의 밥값을 지닌 사람들에게 이 사회는 '을'이겠지만, 자기 몫의 밥값이 없는 사람들에게 이 사회는 '갑'이다. 돈이 없거나 적은 자들은 주인이 될 수 없고 '갑'이 될 수 없다. 어디서든 "안주머니 지갑을 만지작"거리는 '습관'이 탄생하는 지점이다.

돈으로 살 길을 찾는 사람이 많을수록 세상은 돈 있는 사람만 살 수 있게 된다. 1퍼센트의 사람들이 전체 소득의 12퍼센트를 차지하고, 10퍼센트의 사람들이 전체 소득의 절반을 차지하는 사회에서는 여차하면 따귀가 내 "빰에 와 엉"키기 십상이다. 단풍을 보면 따귀 맞은 붉은 빰이 떠오르기 십상이다.

팝니다, 연락주세요

최금진

화장실 변기통에 앉아서

콩팥을 팝니다 전화주세요,를 보다가

나도 내 장기를 팔아 노후를 준비하듯

우리나라를 조금씩 떼어서 해외로 수출한다면

사람들은 모두 부자가 될 것이다

당겨쓴 카드빚과 텅 빈 통장을 생각하면

개인이 겪는 슬픔 따윈 아무것도 아닌

다수의 다수를 위한 두루마리화장지처럼

계속 풀려나오는

누군가의 슬픈 낙서 앞에서

나라가 있어야 개인이 있는 것이다,라고 말하지 말자

누가 나를 좀 팔아다오

나도 그에게로 가서

기꺼이 삼사만 원의 현찰이 되어 줄 테니
의지할 곳 하나도 없이 늙어 가는 건달들아
제 손금을 들여다보지 마라
거기엔,
낳으시고 기르신 부모님 은혜가 없다
그 손으로 태극기 앞에 맹세할 의무가 없다
변기통의 물을 내리고
씩씩하게 지퍼를 올리고 아무리 다짐을 해도
갈 곳이 없는 사람들이
자신의 생으로 뭔가를 증명해야 한다면
화장실 벽에
이렇게 쓸 수밖에 없다

제일 싼 血 팝니다,

자본주의 만세!

>>>

"아마존, 세상의 모든 것을 팝니다"라는 아마존닷컴의 홍보 카피는 우리 시대의 상징적 문장이다. 노동을 팔고 시간을 팔고 사랑을 팔고 신념을 팔고, 팔다 팔다 더 이상 팔 게 없어서 결코 팔아서는 안 되는 것들을 파는 세상은 안녕한가? 물뽕, 청산가리, 수면제, 대포폰, 대포통장, 권총, 필로폰……, 키워드만 치면 뭐든 다 사고팔 수 있는 사회는 안녕한가? 매매 앞에 놓인 '불법'이 단지 수식에 불과한 이 시대는?

모든 것을 사고팔 수 있는 사회에서 돈이 없는 사람들은 인간이 아니다. 상품에 불과하다. 급기야는 제 피를 팔고 제 장기를 팔아야 하는 개인을 그 사회와 국가는 책임지지 못한다. "나라가 있어야 개인이 있는 것이"라는 말이 허울 좋은 허구에 불과한 이유다. 자본주의도 마찬가지다. "우리나라를 조금씩 떼어서 해외로 수출"할 수밖에 없는, 돈 없는 나라의 안녕을 글로벌 자본주의는 책임지지 못한다. 불평등과 매매가 만능인 시대를 걱정해야 하는 이유다.

그러니 돈으로 사지 못할 게 없는 사회에서 돈이 없는 사람들은 단 하나뿐이자 단 한 번뿐인 "자신의 생으로 뭔가를 증명해야"만 한다. 이 신자유-자본주의 화장실 벽에 "제일 싼 血 팝니다./ 자본주의 만세!"라고 쓰면서!

돈

박용하

나는 어느덧 세상을 믿지 않는 나이가 되었고

이익 없이는 아무도 오지 않는 사람이 되었고
이익 없이는 아무도 가지 않는 사람이 되었다

부모형제도 계산 따라 움직이고
마누라도 친구도 계산 따로 움직이는 사람이 되었다

나는 그게 싫었지만 내색할 수 없는 사람이 되었고

너 없이는 하루가 움직이지 않았고
개미 새끼 한 마리 얼씬거리지 않는 사람이 되었다

>>>

돈 가는 데 사람 간다. 돈 가는 데 시간 간다. 돈 없이는 개미 새끼 한 마리도 얼씬거리지 않고 하루가 움직이지 않는다. 사람과 돈은 어긋나기 마련이라는 말도, 사람 나고 돈 났다거나 돈이 거짓말한다는 말도 다 옛말이다. "애용할 수 있는 것은/ 사고 칠 수 있는 것이기도 하다/ 칼이 그렇고 방아쇠가 그렇고/ 버튼이 그렇고 핸들이 그렇고/ 돈이 그렇고 음경이 그렇다/ 사고 치지 않으려면 손이 없어야 한다"(〈하찮은 빨래집게가〉). 사람은 돈을 따라가고, 돈이 사람을 내고 돈을 쥔 손이 힘센 말을 한다. 오늘날 돈 잃은 세상이란 더 이상 사람 살 곳이 못 된다.

돈은 자신의 형상대로 인간과 사회를 주조한다. 돈은 참되고 선하고 아름다운 것들과 한패여야 하는 인간을 차가운 계산기로 만들곤 한다. 돈에 관해서라면 누구도 믿을 수 없고, 부모 형제는 물론 마누라나 친구도 버리게 만든다. 돈이 사람을 울리고 돈이 사람을 속인다. 마술사에게 조종당하는 뱀처럼 너나없이 돈의 최면에 들린 사람들에게 돈은, 정말 마술사처럼 그 모든 것과 자유를 가져다주기도 한다. 그러나 '그 모든 것으로부터의 자유'가 아니라 '그 모든 것에로의 자유'에 불과하다. 그러니 우리는 물어야 한다. "왜 나는 두개골로 말하지 않고 돈으로 말하는가"(〈질문〉)라고. 왜 우리는 사람으로 말하지 않고 돈으로 말하는가라고.

겨울 冬

혼자서는
제 몸 하나 껴안지 못하는 게 인간이다.
우리는 누군가가 껴안아 줘야 하는 존재다.

'프리 허그Free Hug'. 말 그대로, 연대하는
'공짜 안아 주기'다.
돈과 교환가치에 저항하는 맨몸의 역습이랄까.
그 안아 주기가, 가시 많은 몸을 단지
끌어안고 울어 주는 것에 불과하더라도.
쓰디쓴 희망이 식도를 넘어
우리들의 눈물이 될 뿐이라도.

장편掌篇 · 2

김종삼

조선총독부가 있을 때
청계천변 10전 균일상 밥집 문턱엔
거지소녀가 거지장님 어버이를
이끌고 와 서 있었다
주인 영감이 소리를 질렀으나
태연하였다

어린 소녀는 어버이의 생일이라고
10전짜리 두 개를 보였다.

>>>

10전의 화폐가치를 가늠해 보기 위해 1924년도에 발표된 현진건의 〈운수 좋은 날〉을 읽는다. "김 첨지는 십 전짜리 백통화 서 푼, 또는 다섯 푼이 찰깍하고 손바닥에 떨어질 제 거의 눈물을 흘릴 만큼 기뻤었다. 더구나 이날 이때에 이 팔십 전이라는 돈이 그에게 얼마나 유용한지 몰랐다. 컬컬한 목에 모주 한 잔도 적실 수 있거니와 그보다도 앓는 아내에게 설렁탕 한 그릇도 사다 줄 수 있음이다." 10전짜리 백통화가 있었고, 백통화 단위가 푼(닢)이었고, 80전이면 모주(탁주의 일종)에 설렁탕(당시 설렁탕은 귀하고 비싼 보양식이었다)을 살 수 있었나 보다.

운수 좋은 날 구걸한 1전, 2전을 모아 10전으로 바꾸기를 두 번! 선물이란 자기가 욕망하는 것을 주기 마련이다. "균일상"에 불과하더라도 "태연하"게 돈을 내고 밥을 사 먹는 이 사소한 다반사茶飯事가, 문전박대에 배를 주리며 떠돌던 거지 소녀의 오랜 꿈이었으리라. 올해는 "10전짜리 두 개"뿐이었으나 내년에는 서너 개를 들고 와 다른 가족들과 배불리 먹었으면 좋겠다. 그다음 해에는 가족들의 생일에 맞춰 와서 먹었으면 좋겠다. 그리고 언젠가는 배가 고파서가 아니라 추억을 새기기 위해 먹으러 왔으면 좋겠다.

"참담한 나날을 사는 그 사람들을/ 눈물 지우는 어린것들을/ 이끌어 주리니/ 슬기로움을 안겨 주리니/ 기쁨 주리니"(〈내가 재벌이라면〉)하는 마음이었기에 시인에게는 '거지소녀'가 '어린 소녀'로 보였으리라. 긴 이야기와 커다란 울림을 담고 있는 손바닥만 한[掌篇] 시다!

눈 묻은 손

나희덕

노파의 눈 묻은 손이 자꾸만 소쿠리 위로 간다

작고 파란 소쿠리에는
눈이 반 콩이 반

아무리 가린다 해도 손등보다 밤하늘이 넓으니
어쩔 수도 없다, 눈을 끼워 파는 수밖에

버스는 좀처럼 오지 않고
얼마냐고 묻는 목소리에 눈이 묻는다
이천 원이라는 노파의 목소리에도,
콩알 섞인 함박눈을 비닐봉지에 털어넣는 노파가
받아 든 천 원짜리 지폐에도 눈이 묻는다

멀리서 눈을 뒤집어쓴 버스가 오고
나와 눈과 비닐봉지는 눈 속을 펄럭이며 뛰어간다

깜박 잠이 들었던 것일까
창밖에 눈 그치고 거기까지 따라온 눈이 길 위에 희다
그러나 손등의 눈은 어디로 사라졌을까
내 손에 남겨진 것은 한 줌의 젖은 콩에 불과할 뿐

>>>

눈에게 '처음 듣는 흰빛의 말'이라 이름 붙여 준 이 누구였던가. 순백의 말들이 펄펄 내리는 저녁의 정거장, 눈은 쌓이기 위해 세상 어디든 묻는다. 파랗게 언 소쿠리 속 콩들에도, 눈을 쫓는 노점상 노파의 손에도, 콩 한 소쿠리의 가격을 묻고 답하는 목소리에도, 콩 반 눈 반이 담긴 비닐봉지에도, 주고받는 천 원짜리 지폐에도, 눈 쌓인 버스 속 깜빡 든 잠에도, 처음인 듯 흰빛의 말들이 내려 묻는다. 세상은 그 순백의 말들을 끼워 팔고, 털어 넣고, 뒤집어쓰고 있다. 그 말들이 녹아 사라질 때까지.

그 잠깐의 말들이 녹아 깜박 잠을 적시는 동안의 설잠 같은 것, 팍팍한 현실을 견디면서 가까스로 자신의 자리에 내려앉은 자만이 빠져들 수 있는 백일몽 같은 것, 눈과 함께한 시간이란 그런 것이다. 누군가와 함께한 삶 또한 그러한 것처럼. 소리도 없이 내려 쌓이는 순백의 말들을 따라가 지도에도 없는 마을쯤에 닿고 싶다. 그 말들이 다 녹을 즈음 봄처럼 반갑게 돌아오고 싶다. 눈에 덮인 것들은 눈이 녹으면 드러나기 마련, 저녁 별들이 어두운 밤하늘에 푸른 촛불처럼 돋아난다면 더욱 아름다우리라. 이제 밤도 저물었으니 불을 켜도 좋겠다.

희미한 옛사랑의 그림자

김광규

4·19가 나던 해 세밑

우리는 오후 다섯시에 만나

반갑게 악수를 나누고

불도 없이 차가운 방에 앉아

하얀 입김 뿜으며

열띤 토론을 벌였다

어리석게도 우리는 무엇인가를

정치와는 전혀 관계 없는 무엇인가를

위해서 살리라 믿었던 것이다

결론 없는 모임을 끝낸 밤

혜화동 로우터리에서 대포를 마시며

사랑과 아르바이트와 병역 문제 때문에

우리는 때묻지 않은 고민을 했고

아무도 귀 기울이지 않는 노래를
누구도 흉내 낼 수 없는 노래를
저마다 목청껏 불렀다
돈을 받지 않고 부르는 노래는
겨울밤 하늘로 올라가
별똥별이 되어 떨어졌다
그로부터 18년 오랜만에
우리는 모두 무엇인가 되어
혁명이 두려운 기성 세대가 되어
넥타이를 매고 다시 모였다
회비를 만 원씩 걷고
처자식들의 안부를 나누고
월급이 얼마인가 서로 물었다

치솟는 물가를 걱정하며
즐겁게 세상을 개탄하고
익숙하게 목소리를 낮추어
떠도는 이야기를 주고받았다
모두가 살기 위해 살고 있었다
아무도 이젠 노래를 부르지 않았다
적잖은 술과 비싼 안주를 남긴 채
우리는 달라진 전화번호를 적고 헤어졌다
몇이서는 포우커를 하러 갔고
몇이서는 춤을 추러 갔고
몇이서는 허전하게 동숭동 길을 걸었다
돌돌 말은 달력을 소중하게 옆에 끼고
오랜 방황 끝에 되돌아온 곳

우리의 옛사랑이 피 흘린 곳에

낯선 건물들 수상하게 들어섰고

플라타너스 가로수들은 여전히 제자리에 서서

아직도 남아 있는 몇 개의 마른 잎 흔들며

우리의 고개를 떨구게 했다

부끄럽지 않은가

부끄럽지 않은가

바람의 속삭임 귓전으로 흘리며

우리는 짐짓 중년기의 건강을 이야기했고

또 한 발짝 깊숙이 늪으로 발을 옮겼다

>>>

문민정부 세대에게 〈응답하라 1994〉가 있다면, 4·19세대에게는 〈희미한 옛사랑의 그림자〉가 있었다. 예나 지금이나, 만남 그 이후는 이하동문이기에 이하생략이다. 회비를 내고 명함을 주고받으며, 배우자와 자식들의 안녕을 묻고 주가와 물가를 걱정하고 대출과 건강 정보를 공유하고 정치인과 연예인을 씹으며, 적잖은 술과 안주와 노래를 나눈 후 제 몫의 귀가전쟁을 치르며 헤어졌다. 넥타이 혹은 하이힐 부대의 대동소이한 세밑 송년회 풍경들이다.

어제도 우리는 돈을 내고 노래를 불렀다. "그 슬픔에 굴하지 않으며, 어느 결에 반짝이는 꽃눈을 닫고, 우렁우렁 잎들을 키우는 사랑이야말로, 짙푸른 숲이 되고 산이 되어 메아리로 남는다는 것을", 누가 뭐래도 〈사람이 꽃보다 아름다워〉를 목청껏 불렀다. 강물 같은 노래를 잊지 않았기에 서로의 어깨를 겯고 울력했다. 뿔뿔이 흩어져 집으로 가는 길, "우리의 옛사랑이 피 흘린 곳"들을 지나 "부끄럽지 않은가" 채근하는 "바람의 속삭임 귓전으로 흘리며" 또 이렇게 흥얼거렸다. "내일은 해가 뜬다, 내일은 해가 뜬다."

김밥

7
24h
24
24

쓰봉 속 십만원

권대웅

"벗어 놓은 쓰봉 속주머니에 십만원이 있다"

병원에 입원하자마자 무슨 큰 비밀이라도 일러 주듯이
엄마는 누나에게 말했다
속곳 깊숙이 감춰 놓은 빳빳한 엄마 재산 십만원
만원은 손주들 오면 주고 싶었고
만원은 누나 반찬값 없을 때 내놓고 싶었고
나머지는 약값 모자랄 때 쓰려 했던
엄마 전 재산 십만원

그것마저 다 쓰지 못하고
침대에 사지가 묶인 채 온몸을 찡그리며
통증에 몸을 떨었다 한 달 보름

꽉 깨문 엄마의 이빨이 하나씩 부러져 나갔다
우리는 손쓸 수도 없는 엄마의 고통과 불행이 아프
고 슬퍼
밤늦도록 병원 근처에서
엄마의 십만원보다 더 많이 술만 마셨다

보호자 대기실에서 고참이 된 누나가 지쳐 가던
성탄절 저녁
엄마는 비로소 이 세상의 고통을 놓으셨다
평생 이 땅에서 붙잡고 있던 고생을 놓으셨다

고통도 오래되면 솜처럼 가벼워진다고
사면의 어둠 뚫고 저기 엄마가 날아간다

쓰봉 속 십만원 물고

겨울 하늘 훨훨 새가 날아간다

>>>

어릴 적에 할머니는 허리춤에 손을 넣고 속곳 속에서 십 원짜리 백 원짜리 지폐들을 꺼내 내 손에 쥐여 주곤 하셨다. "까먹어라" 하시며. 동전들도 가제 수건에 돌돌 말아 속곳 속에 보관하곤 하셨다. 고쟁이든 몸뻬든, 속곳이든 쓰봉이든, 사자마자 안쪽에 넓적한 천을 덧대 속주머니부터 만드셨던 이유다. 그래서였겠다. 할머니나 엄마의 허리가 젖혀질라치면, 허리춤에 두 손을 넣을라치면 눈을 반짝이곤 했다. 허리에 찬 전대에 돈을 넣고 꺼내는 시장 아주머니의 몸짓이 낯익은 이유다.

고쟁이든 몸뻬든, 속곳이든 쓰봉이든, 그 속주머니에 전 재산을 넣고 다니는 사람들이 있다. 마르고 거친 손으로 주섬주섬 그 속주머니를 뒤지곤 하는 엄마들이 있다. 돈이 멀리 있는 사람들일수록 그렇게 돈을 몸 한가운데 품고 산다. 그런 쓰봉 속 십만 원을 전 재산으로 남기고 가셨다니, 솜처럼 가볍게 새처럼 훨훨 날아가셨겠다. 이가 부러질 정도로 꽉 깨물었던 이생의 고생과 고통 다 놓아 버리고 이승의 어둠 가뿐히 건너가셨겠다. 고요하고 거룩한 그 성탄의 밤하늘, 적막하고 막막하셨겠다. 따뜻하다고 말하고 싶은 이 낯익고 진솔한 풍경이라니…….

외면

이병률

받을 돈이 있다는 친구를 따라 기차를 탔다 눈이 내려 철길은 지워지고 없었다

친구가 순댓국집으로 들어간 사이 나는 밖에서 눈을 맞았다 무슨 돈이기에 문산까지 받으러 와야 했냐고 묻는 것도 잊었다

친구는 돈이 없다는 사람에게 큰소리를 치는 것 같았다 소주나 한잔하고 가자며 친구는 안으로 들어오라 했다

몸이 불편한 사내와 몸이 더 불편한 아내가 차려 준 밥상을 받으며 불쑥 친구는 그들에게 행복하냐고 물었

다 그들은 행복하다고 대답하는 것 같았고 친구는 그러니 다행이라고 말하는 것 같았다

믿을 수 없다는 듯 언 반찬그릇이 스르르 미끄러졌다

흘끔흘끔 부부를 훔쳐볼수록 한기가 몰려와 나는 몸을 돌려 눈 내리는 삼거리 쪽을 바라보았다 눈을 맞은 사람들은 까칠해 보였으며 헐어 보였다

받지 않겠다는 돈을 한사코 식탁 위에 올려놓고 친구와 그 집을 나섰다 눈 내리는 한적한 길에 서서 나란히 오줌을 누며 애써 먼 곳을 보려 했지만 먼 곳은 보이지 않았다

요란한 눈발 속에서 홍시만 한 붉은 무게가 그의 가슴에도 맺혔는지 묻고 싶었다

>>>

빚 받으러 가는 곳은 왜 하필 춥고 외진 문산인 것이며, 눈은 왜 내리고 내리는 것이며, 빚진 사람은 왜 또 몸까지 불편한 것인가. 설상가상이라더니, 빚 받으러 가서는 또 어쩌자고 "행복하냐"고 물으며, 받지 않겠다는 밥값을 "한사코 식탁 위에 올려놓고" 나오며, 빚진 사람을 "흘끔흘끔" 훔쳐"본단 말인가. 엉성한 빚쟁이임에 틀림없다.

빚지고 몸까지 불편한 부부가 문산까지 쫓겨 와 순댓국을 팔면서도 행복하다니 다행한 일이다. 빚 받으러 가는 친구를 따라가서는 애먼 소주에 순댓국만 먹고 나와 "눈 내리는 한적한 길에 서서 나란히 오줌을 누며 애써 먼 곳을 보"는 까닭은? 꼬치꼬치 묻지 않았을 뿐 빚쟁이와 '나'는, 빚진 사람의 사연을 한눈에 읽어 버렸으니 제목의 '외면'은 아이러니다. 곡진한 안부만 묻고 왔으니 돈 받으러 간 것 또한 아이러니다.

돈 받으러 간 사람이나 영문도 모르고 따라간 사람이나, 꾼 돈을 갚지 못한 사람이나 죄다 "스르르 미끄러"지는 "언 반찬그릇"들만 같다. 순댓국 속 간간이 터지는, 썰린 순대들만 같다. "요란한 눈발 속에서 홍시만 한 붉은 무게가" 막막하고 먹먹하다.

싸락눈 내리어 눈썹 때리니

서정주

싸락눈 내리어 눈썹 때리니
그 암무당 손때 묻은 징채 보는 것 같군.
그 징과 징채 들고 가던 아홉 살 아이—
암무당의 개와 함께 누룽지에 취직했던
눈썹만이 역력하던 그 하인 아이
보는 것 같군. 보는 것 같군.
내가 삼백 원짜리 시간 강사에도 목이 쉬어
인제는 작파할까 망설이고 있는 날에
싸락눈 내리어 눈썹 때리니…….

>>>

시인의 시간강사 시절이었다니, 1960년 전후의 겨울방학 직전이나 개학 직후였나 보다. 목이 쉬도록 말품을 팔고 나오는 날 싸락눈이 내린다. 숱 많은 눈썹에 싸락싸락 싸락눈이 내려앉자, 선득하니, 암무당의 손때 묻은 징과 징채를 들고 다녔던 "눈썹만이 역력"했던 아홉 살 아이를 떠올린다. "암무당의 개와 함께 누룽지에 취직했"나니, 그것도 '취직'이라면 '취직'이겠다. 누룽지든 남은 밥이든 눈칫밥을 얻어먹는 걸로 치자면 개나 아홉 살 아이나 시간강사나 매한가지겠다. 오십보 백보겠다!

부스러진 쌀알 같은 얼음눈이라서 싸라기눈이라고도 하는 싸락눈. 차디찬 눈발을 눈썹에서부터 맞으며 십 리, 이십 리를 걸어야 하는 사람들에게 싸락눈은 내리지 않고 때린다. 바람은 차고 싸락눈은 때리는데, 징과 징채는 절어만 가고, 개꼬리는 말려들어만 가고, 배고픈 아홉 살 눈썹은 날로 역력해져만 가고, "삼백 원짜리" 시간강사의 목은 쉬어만 가고……. 인제는 아예 그만 작파해 버리고 싶은 날, 싸라기 같은 눈을 맞으며 암무당을 따라다녔던 아홉 살 아이를 생각하면, 그래도 이게 어디냐며 싸락눈이 죽비처럼 눈썹을 때린다. 쌀랑쌀랑 하늘의 흰 것들이 땅의 검은 것들을 때린다. "어찌할꼬?/ 어찌할꼬?/ 너와 내가 까 놓은/ 저 어린것들은 어찌할꼬?"(〈신년유감〉)라며, "괜,찬,타,… 괜,찬,타,…"(〈내리는 눈발 속에서는〉)며!

그녀가 처음, 느끼기 시작했다

김민정

천안역이었다
연착된 막차를 홀로 기다리고 있을 때였다
어디선가 톡톡 이 죽이는 소리가 들렸다
플랫폼 위에서 한 노숙자가 발톱을 깎고 있었다
해진 군용 점퍼 그 아래로는 팬티 바람이었다
가랑이 새로 굽슬 삐져나온 털이 더럽게도 까맸다
아가씨, 나 삼백 원만 너무 추워서 그래
육백 원짜리 네스카페를 뽑아 그 앞에 놓았다
이거 말고 자판기 거피 말이야 거 달달한 거
삼백 원짜리 밀크 커피를 뽑아 그 앞에 놓았다
서울행 열차가 10분 더 연착될 예정이라는 문구가
전광판 속에서 빠르게 흘러갔다 천안두리인력파출소
안내시스템 여성부 대표전화 041-566-1989

순간 다급하게 펜을 찾는 손이 있어

코트 주머니를 뒤적거리는데

게서 따뜻한 커피 캔이 만져졌다

기다리지 않아도 봄이 온다던 그 시였던가

여성부를 이성부로 읽던 밤이었다

>>>

잘못 든 길이 새로운 길을 인도하기도, 잘못 읽은 글자가 새로운 의미를 개진하기도 한다. 무언가를 새롭게, 혹은 그것의 내면을 듣는 순간이다. 그때 우리는 처음의 발굴자가 된다. 막차는 연착되고 플랫폼 위에서 노숙자는 발톱을 깎고 있다. 군용 점퍼 아래 달랑 걸친 팬티가 무방비로 헐렁하다. 그런 그가 딱 "삼백 원만"을 구걸하며 자신의 커피 취향을 고수한다. "더러운 팬티를 수치스러워하기보다/ 낡은 팬티를 구차해 하기보다/ 고무줄의 약해진 탄성을 걱정하는 데서부터/ 시라는 것을// 나는 처음, 느끼기 시작했"던 걸까?(시집 뒤표지 글) '엽기발랄시치미'가 주특기인 시인은 노숙자의 추위를, 그에 대한 연민과 연대를, 이렇게 엉뚱생뚱하게 말하고 있다.

그러니 우리도 이 시를 마음이 가닿는 대로, 읽고 싶은 대로 읽어도 좋겠다. 그러니까 나는 "굽슬"을 '굽실'로, "안내 시스템"을 '아내시스템'으로 읽었다. "이 죽이는"을 '이죽이는'으로, "점퍼"를 '범퍼'로, "연착"을 '연락'으로 읽을 뻔했다. 나도 처음, 느끼기 시작한 것일까? 시인이, 삼백 원을 더해 노숙자에게 네스카페를 뽑아다 준 것처럼, "기다리지 않아도 봄이 온다"는 이성부의 시 구절을 떠올린 것처럼, 하여 여성부를 이성부로 읽는 것처럼, '처음, 느끼기 시작하는' 바로 그때 우린 시인이 된다.

김밥천국에서

권혁웅

김밥들이 가는 천국이란 어떤 곳일까,
멍석말이를 당한 몸으로
콩나물시루도 아닌데 꼭 조여져서
육시를 당한 몸으로
역모를 꾸민 것도 아닌데 잘게 토막이 나서

나란히 누운
치즈복자, 참치복자, 누드복자들
순교의 뒤끝에서 식어가는 밥알은
김밥들이 천국에 가기 위해 버려야 하는
헐거운 육신이다

김밥들이 가지 않는 불신지옥도 있을까

버려진 몸들답게 김밥들은 금방 쉰다
시금치는 시큼해지고 맛살은 맛이 살짝 갔지
계란은 처음부터 중국산이야

마음이 가난해도 천오백 원은 있어야
천국이 저희 것이다

천국에 대한 약속은
단무치처럼 아무 데서나 달고
썰기 전의 김밥처럼 크고 두툼하고 음란하지
나는 태평천국의 난이
김밥에 질린 세월에 대한 반란이라 생각한다

너희들은 참 태평도 하다
여전히 천국 타령이나 하고 있으니
복장 터진다는 말은 김밥의 옆구리에서 배웠을 것이다
소풍 가는 날에 비가 온다는 속담도
쉰 김밥이 가르쳐 주었을 것이다

깨소금이 데코레이션을 감당하는 그 나라,
김밥천국
자기들끼리만 고소한 그 나라 바깥의
불신지옥

>>>

손쉽게 먹히는 한 끼니가 되기 위해 "멍석말이"에, "잘게 토막이 나서" "육시를 당한 몸으로" 누군가의 깜깜한 배 속에 들어가 허기를 채워 주는 김밥들의 소명의식은 얼마나 거룩한 순교주의인가. 원조, 야채, 김치, 계란말이, 치즈, 참치, 소고기, 샐러드, 누드, '모듬'…… 복자福者들의 순교 메뉴가 빼곡하다. 이런 곳을 어찌 '천국'이라 이름하지 않을 수 있을까.

축제에 정성이 곁들여졌던 특별식 '엄마' 김밥이 자본화되어 '나라'와 '천국'을 지향하면서 역설적으로 허기를 때우는 가장 손쉬운 일용 잡식이 되었다. 자신을 키운 건 팔 할이 '김밥천국'이었다는, '김밥천국'에서 엄마 손맛을 익혔다는, '천오백 원'짜리 "김밥에 질린" 사람에게 하루하루는 "깨소금이 데코레이션을 감당하는 그 나라"를 향한 고군분투의 날들이자 "자기들끼리만 고소한 그 나라 바깥의/ 불신지옥"을 통과하는 일이었을 것이다. '쉬고' '시큼해지고' '맛이 살짝 간' '복장 터진' '질린 세월'들이었을 것이다.

'김가네'와는 별 인연 없이 살았고, '압구정김밥'이나 '마약김밥'은 아직 먹어 보지 못했고, '김밥나라'나 '김밥천국'은 이름에 담긴 거대 담론이 부담스러웠던 내게는 어릴 적 놀던 동네 이름이 들어간 '종로김밥'이 정겹다. 사천 원짜리 '모듬' 김밥 하나면 든든하기까지 하다!

땅멀미

박형권

겨울 대구 한 상자 경매에 넣으면
아랫배가 빠져나간 듯 허기지다
지난밤 그물을 뒤흔들었던 파도가 대구 아가미처럼 퍼덕이는 시간
파래 같은 돈 세어 본다
함 움큼도 되지 않는 바닷바람, 따라
새벽 시장의 한쪽 모퉁이에서 국밥 냄새가 난다
거제 외포항 동남쪽 3마일 지점에서 밤새 출렁거린 어부들이
희뿌연 김 속에서 허물어지는 몸을 맞대고
후루룩후루룩 돼지 비계를 건져 올린다
삶은 해삼처럼 졸아든 헛배가 조금 든든하고
잠이 찾아온다

살덩이 몇 점 없는 국물인데 이[齒] 사이에 어둑새벽이 낀다

바닷가 돈에는 지느러미가 있다

국밥집이나 술집이나 언니들의 거웃 사이로 요리조리 헤엄쳐 다니는 지느러미

침 퉤 발라서 풀어놓으면 알아서 정든 곳에 가서 깃든다

새벽을 쑤시면서 국밥집을 나오면

꽃게처럼 알록달록 화장을 하고 이동 커피숍이 길을 가로막는다

— 커피 한 잔 얼마지럴

— 천 원이에요 배 타고 가시려면 커피 한 잔 하셔야 되어요

그 여자 말씨 천 원이면 싸다 생각하며

불면不眠을 받는다 불면不眠이 움찔한다

하아, 요즘 육지에 오르면 땅이 이 난장이다

땅이 울고 땅이 기운다

땅멀미 하는 걸 보니 어서 배로 가야겠다

대구 팔아서 경유 한 드럼 싣지 못하고 배에게 망극하다

대구잡이배가 물속에 보아 둔 대구곤이를 향해

한 생애를 밀어 넣은 어업을 싣고 어찔어찔 간다

내 한 세월도 이제 와서 보면 오지게 걸려 떨어지지 않는 멀미였나니

>>>

"바닷가 돈에는 지느러미가 있다"니! "파도가 대구 아가미처럼 퍼덕이는" 새벽 포구, 밥집을 따라 술집을 따라 이동커피숍을 따라 '지느러미'를 단 돈들이 헤엄쳐 다닌다. 밤새 건져 올린 대구 한 상자를 경매 붙이고 "파래 같은 돈"을 세어 본다. 후루룩후루룩, 허기가 채워지면 졸음이 찾아온다. 다시 배를 타고 귀가하려면 아직은 불면不眠 한 잔이 더 필요하다. 경유 한 드럼을 다 채워 싣지 못하고 배에 오른다.

가곡 〈가고파〉의 노랫말에 따르면, 뱃사람에게 고향은 "파란 물 눈에 보이"는 바다다. 그런 바다는 땅에 올라와 돈으로 환산된다. 뱃사람에게 땅이란 지느러미 달린 돈이 새벽을 뒤흔드는 곳이다. 돈을 부르는 밥 냄새, 술 냄새, 여자 냄새가 얼크러진 생생한 현실이다. 바다의 수평선과 파도와 물엣것들은 일과 사랑과 돈으로 팔린다. 그러니 땅멀미란 돈멀미와 다르지 않다. "한 생애를 밀어 넣은 어업을 싣고 어찔어찔" 앓는, "오시게 걸려 떨어지지 않는" 한 세월의 멀미다.

만 원짜리 혀

유홍준

누군가 우리의 혀를 뽑아간다 붉은 혀 대신 빳빳한 만 원짜리 지폐를 박아 넣고 말한다 우리들의 저주, 우리들의 악담, 우리들의 귀곡성, 너와 나 만 원짜리 혀들의 입맞춤, 당신의 성기와 당신의 밑을 핥아주는 만 원짜리 혀들의 서비스, 나는 블라인더 뒤에서 만 원짜리 성기, 만 원짜리 엉덩이, 만 원짜리 젖가슴, 만 원짜리와 만 원짜리들이 스치며 지나가는 거리를 내다본다 만 원짜리 밥, 만 원짜리 영화, 만 원짜리 노래방, 만 원짜리 만 원짜리 만 원짜리…… 청룡문신이 새겨져 있는 시퍼런 혓바닥들의 아귀다툼을 듣는다 검문소를 통과할 때 이제 우리는 바코드가 새겨진 혓바닥을 내밀어야 한다 지옥으로 가는 톨게이트, '어서 오십시오 혓바닥을 뽑아 가십시오' 기계여자의 지시에 따라 혓바닥을 뽑아 쥐고 우리는 달려나간다

>>>

혀는 늘 통通하고자 한다. 내밀고 끌어당기는 감각의 손이고, 쫓아가고 내달리는 욕망의 발이기 때문이다. 물고 뜯고 맛보고 그리고 말하는, 인간의 모든 본능적 행위가 이 세 치 혀로부터 시작된다. 주지육림에 산해진미, 대화방에 키스방에 립까페, 아니아니 아첨아부어에 이전투구어에 아귀다툼어……. 온갖 종류의 립서비스를 위해 혀를 빌려 드립니다. 만 원에 혓바닥을 뽑아 가세요!

"만 원짜리 밥, 만 원짜리 영화, 만 원짜리 노래방, 만 원짜리 만 원짜리 만 원짜리……." 우리의 혀가 만 원짜리 위에서 놀고 있다. 만 원짜리의 노예가 된 우리는 만 원짜리 주위를 맴돌며 일희일비하고 있다. 자본주의 메커니즘은, 혀는 물론 사랑과 목소리마저도 "만 원짜리" 효용의 틀 속에 가두고 철저히 상품화시키고 도구화시킨다. "기계여자"의 입에서 "지시"하듯 튀어나오는 기계음들처럼.

혀로 먹이를 낚아채는 동물들이 많다. 개구리, 도마뱀, 도롱뇽, 개미핥기, 카멜레온……. 그들의 혀야말로 우리 삶 도처에 편재하는 욕망의 은유다. 주차권 버튼을 누를 때마다, 온갖 종류의 카드를 넣고 뺄 때마다 이게 누구의 혓바닥은 아닐까 싶어 섬뜩해지곤 한다. "청룡문신이 새겨져 있는", "바코드가 새겨진", "혓바닥을 뽑아 쥐고" 오늘도 달려가는 곳은 어디인가?

사랑의 동전 한 푼

김현승

사랑의 동전 한 푼
위대한 나라에 바칠 수는 없어도,

사랑의 동전 한 푼
기쁘게 쓰일 곳은 별로 없어도,

사랑의 동전 한 푼
그대 아름다운 가슴을 꾸밀 수는 없어도,

사랑의 동전 한 푼
바다에 던지는 하나의 돌이 될지라도,

사랑의 동전 한 푼

내 맑은 눈물로 눈물로 씻어
내 마음의 빈 그릇에 담아
당신 앞에 드리리니……

사랑의 동전 한 푼
내 눈물의 곳집 안에 넣을 때,
이 세상의 모든 황금보다도
사랑의 동전 한 푼
더욱 풍성히 풍성하게 쓰이리니…….

>>>

〈과부의 동전 한 푼〉이라는 제목으로 발표했다가 개작한 시다. 어느 과부가 제 가진 전부였던 엽전 두 푼을 하나님께 바치자 예수께서 이르셨다. "이 가난한 과부가 모든 사람보다 많이 넣었도다. 저들은 그 풍족한 중에서 헌금을 넣었거니와 이 과부는 그 구차한 중에서 자기의 있는 바 생활비 전부를 넣었느니라"(누가복음 21:3-4). "몸에 지니인/ 가장 소중한 것으로— / 과부는 과부의 엽전 한 푼으로,/ 부자는/ 부자의 많은 보석寶石으로// 그리고 나는 나의/ 서툴고 무딘 눌변訥辯의 시詩로"(〈감사〉), 드리려고 드린, 드리기 위해 드린, 믿음과 사랑의 봉헌이었을 것이다.

겨울이면 빨간 구세군 자선냄비가 거리에 나선다. 어김없이 십 원, 오십 원, 백 원, 오백 원, 땡그랑땡그랑 동전들이 쌓일 것이다. 있으나 없으나 푼돈에 불과한 동전 한 푼, 그러나 누군가에게는 "언제나 변치 않는 온도를 지닌 어머니의 품안보다도/ 더욱 다수운"(〈감사하는 마음 〉) 위로와 힘이 되기도 할 사랑의 동전 한 푼. 그 한 푼 두 푼이 따스함으로 피어나고, 그 한 푼 두 푼이 뜨겁게 끓어 넘쳤으면 좋겠다. 한 그릇의 밥처럼, 한 냄비의 국처럼, 당신을 향한 나의 사랑처럼!

광화문에서 프리허그를

강인한

가시 많은 이 몸 벗을래요.

한국에 가면, 이백만 원 월급 받는 이가 청혼한댔어요.

나보다 스무 살 많은 아저씨, 이백만 원이면

승용차가 있고 기사도 둘 수 있겠지.

생각하고 베트남에서 왔어요, 제 이름은 프엉.

팔 년 됐어요. 일곱 살, 세 살, 오누이

손 잡고 구정엔 고향에 찾아가려 했는데

십팔 층 아파트에서 뛰어내려요.

나비처럼 팔랑,

우리 세 식구 저쪽으로 건너가 같이 살 거예요.

가시 많은 이 몸 여기서 벗을래요.

십오만 사천 볼트 전기가 흐른답니다.

삼십 미터 송전탑 거기 사람이 올라가 있습니다.

벌써 두 달째여요.

서커스를 하느냐구요?

억울해서, 억울하고 분해서 알리고 싶었어요. 사람의

꿈을 꾸고 싶은데

턱턱 걸리는 가시 울타리가 무서워요.

겨울 해는 걸음이 빠르지요. 귀신 같은

내가 무서워요.

오래 참고 기다렸어요.

하지만 다시 또 기다려야 하는 당신,

더 이상 우리는 당신에게 질문할 게 없어서 미안해요.

우리가 할 수 있는 건, 우리가 당신을 도울 수 있는 건

아무것도 없습니다.

끌어안고 울어 주는 것, 그것 말고는.

슬픔에 삭은 바람이 곧 혹한을 데려오겠지요.

쓰디쓴 희망은 식도를 넘어 우리들의 눈물이 될 뿐.

내일이나 모레 희망을 버릴 사람들.

오세요, 이리 오세요.

>>>

가시가 박힌 몸, 오래 참고 기다렸으나 바람만이 관통하는 몸, 그리하여 기어이 눈물이 되는 몸, 이런 몸들은 비명에 닿아 있다. 다리에서든 옥상에서든 창틀에서든 제 몸을 "나비처럼 팔랑" 놓아 버리기도 하고, 망루에든 철탑에든 타워크레인에든 위태로운 고공高空에 제 몸을 걸어 놓기도 한다. 때론 난간에서, 거리에서, 광장에서 기름 부은 제 몸에 불을 붙이기도 한다. 시에서처럼 한국 남성과 결혼한 베트남 이주여성이나 송전탑에 올라간 사람들은 매매나 이윤이라는 자본의 힘에 의해 벼랑으로 내몰린 사람들이다. 돈과 결탁한 권력 앞에서 그들의 몸짓은 은폐되거나 왜곡되기 십상이다.

혼자서는 제 몸 하나 껴안지 못하는 게 인간이다. 우리는 누군가가 껴안아 줘야 하는 존재다. 내가 너에게 중요하고 네가 나에게 필요하다는 걸 온몸으로 확인하는 행위, 네가 표현하지 못하는 네 외로움을 내가 공감하고 내 슬픔을 네가 위로해주는 행위가 '프리' 허그Free Hug다. 말 그대로, 연대하는 '공짜' 안아 주기다. 돈과 교환가치에 저항하는 맨몸의 역습이랄까. 그 안아주기가 "가시 많은 몸"을 단지 "끌어안고 울어 주는" 것에 불과하더라도. "쓰디쓴 희망"이 "식도를 넘어 우리들의 눈물이 될 뿐"이라도.

옆집 가장

이사라

햇빛 한 줌, 물 몇 방울만 있으면
다시 살아나는 겨우살이처럼
훗날을 기약하는 백수 가장
지금 실업수당 받으러 집 나서는
젊은 뒷그림자가 유난히 검다

옆집 가장은
저도 모르게 튕겨져 나오게 된 저기 저
정글게임장의 원리를 잘 모른다
아직도 닭 부리 쪼는 사람들이 북적거리는 세상에서
잘사는 법을 모른다
그저 오늘 거리에서 서성이는 겁먹은 젊은 눈동자가
겨울 날씨처럼 흐릿하다

훈기 찾아 제 입김 불어보지만
아내의 쪼그라든 스웨터처럼
허공에서 형편없이 오그라들었다는데
오늘 아침도 늦잠 자고 심신을 뒹구는 사이
둘째 아이는 학원까지 다녀와
자기 방문을 쾅, 닫았다는데
쾅, 마음마저 부서져 버린 어제가 있었다는데

밤에도 못 꾸는 꿈을 빙판길에서 꾸어 보는
저 남자의 뒤를
옆집 사는 죄로
왜 나는 자꾸만 따라가는가

미끄러지며 헛발질하며 저 남자
일몰을 목에 감고 사라지는데

>>>

한데 묶어 '백수白手'라 부르지만, 실업자失業者는 일을 하지 않는 무업자無業者나 일할 의지도 없는 무위도식족無爲徒食族과는 다르다. 근로 능력과 취업 의지가 있고, 퇴직 전 180일 이상 고용보험에 가입되어 있고, 권고사직이나 계약만료 등의 사유로 퇴사한 실업자에 한해 국가는 '실업수당(실업급여)'을 지급한다.

요즘 들어 부쩍 옆집 가장과 마주치는 일이 잦다. 운동복 차림에 모자를 눌러쓴 채 엘리베이터에서, 카트를 밀면서 마트에서, 담배 연기를 내뿜다가 아파트 모서리에서 어색한 인사를 건네 오곤 한다. 다투는 소리도 가끔 들리는 게 어쩐지 심상치 않다. 아이들도 아직 고등학생들인데, 아내도 전업주부인데, 주변머리가 허전한 그에게 남은 깝깝한 "훗날"이 단지 옆집 일만 같지 않다.

어딜 가나 어렵다는 말들뿐이다. 연체에 부채에 부도에 경매가 창궐하는 "정글게임장"에서 튕겨 나와 "일몰을 목에 감고 사라지는" 옆집 가장들이 늘고 있다. 여기저기의 문들이 '쾅' '쾅' 닫히는 소리 요란해도, "햇빛 한 줌, 물 몇 방울만 있으면/ 다시 살아나는 겨우살이처럼" 살아남았으면 한다.

지하철의 기적

원구식

언제부턴가 지하철에서 이동상인들이 사라졌다.

누구인가, 이들을 거리로 추방한 이들은?

우리들인가? 나인가? 질서 있는 교통문화인가? 민주주의인가?

성스러운 자본이여,

여기에 코미디 같은 추억의 시 한 편을 남긴다.

2

퇴근길의 지하철은 냄새로 가득하다.

이 남자가, 아니 이 여자가

무슨 술을 먹었는지

무슨 안주를 먹었는지 순식간에 알 수 있다.

아, 독한 생마늘 냄새, 그리고 담배 냄새,

여자들 화장품 냄새, 아저씨들 땀 냄새,
노인들 쇠한 냄새, 갑자기
휴대폰에 소리 꽥꽥 지르는 사람,
휘청거리며 주위를 불안케 하는 사람,
주위와는 상관 없다는 듯
게임에 몰두하는 엄지족들,
피곤해서 꾸벅꾸벅 조는 사람들,
귀에 이어폰 끼고 야구 보는 사람들.
자리가 비어 있는데도
꼭 입구에 서 있는 사람들.

만물이 살아 숨 쉬는 이 공간 속에서도
기적은 당연히 쉬지 않고 일어난다.

이번에도 여지없이 익숙한 카세트 음악이 들려오고
온몸에 검은 고무 옷 같은 것을 걸친 장애자가
도다리처럼 고통스럽게 바닥을 기어간다.
그가 밀고 가는 돈통은 육체의 학대를 통해
결코 정신의 해탈에 이를 수 없다는 부처의 가르침인 듯
몇 장의 지폐가 소복이 쌓여 있다.
얼마 전 과일이나 담을 법한 이 돈통을
누군가 들고 달아나자
그는 언제 바닥을 기었느냐는 듯
벌떡 일어나 쫓아가 잡고는
미친 듯이 주먹을 날리며
무섭게 세상을 일갈하는 것이었다.

"너, 임마, 인생 똑바로 살아"

이렇게 충격적인 장면에도
사람들은 별로 놀라워하지 않는다.
그저 휴대폰의 좁은 화면만 들여다볼 뿐
도대체 말이 없다.
그러나 나는 알고 있다. 지하철에서 일어나는 기적은
낙타가 바늘 구멍을 통과하는
백여덟 가지 방법보다 훨씬 더 많다는 것을.
어쩌면 나도 머지않아 저보다 더한
기적을 연출하지 않으면 안 될지도 모른다는 것을.
나는 살기 위해서 지하철을 탄다.
하루에 두 번씩.

어제도 탔고,

오늘도 탔고,

내일도 탈 것이다.

지하철이 멈추면

내 삶도 멈출 것이다, 아마.

>>>

혁대 파는 아저씨, 중국산 등긁개 파는 장애인, 불빛이 나오는 귀후비개 파는 아이, 껌 파는 할머니, 바퀴벌레약 파는 아줌마가 좀비처럼 지나간다. 손때 묻은 쪽지를 돌리며 볼펜을 파는 국가유공자의 연설이 시작된다. 이쯤 되면 기적이 일어날 법도 하다. "지하철에서 일어나는 기적은/ 낙타가 바늘 구멍을 통과하는/ 백여덟 가지 방법보다 훨씬 더 많다."

눈 감은 자 눈 뜨게 하고, 못 걷는 자 걷게 하는 지하철의 기적들. 말기 백혈병 환자처럼 머리 밀고 마스크 쓰고 휠체어에 앉아 구걸하던 분은 내가 군대 다녀와서도 그 자리에 있었다, 전철에서 구걸을 하던 시각장애인이 시계를 차고 있었다, 구걸하던 사람의 주머니에서 만 원짜리 뭉치가 나오는 걸 보았다…… 사당역, 오금역, 신림역, 인천역, 노포역 등의 총 본산지를 중심으로 이루어지는 기적들에 대한 간증이다.

바닥을 기며 '그'가 밀고 가는 '돈통'이 밥통이자 쌀통이고 술통, 알통, 직통에 신통방통이다. '누군가' 들고 달아나는 '돈통' 또한 깡통이자 심통이고 꼴통, 먹통, 분통에 쓰레기통이다. 실은 그 통이 그 통이다. 우리는 모두 "살기 위해서 지하철을 탄다". 온몸으로 밀고 가는 하루하루의 돈통이 된통 고통이다. 그러나 공짜 기적을 좇지는 말자. 이런 일갈의 주먹이 날아올지 모르니, "너, 임마, 인생 똑바로 살아"!

취업일기

문성해

한전에 근무하는 지인에게 주부검침원 자리를 부탁하려고 이력서를 들고 간다 그래도 바짝 하면 월 백이십에 공휴일은 쉬니 그만한 일자리도 없다 싶어 용기를 낸 길, 벌써 봄이라고 이 땅에 뿌리를 박는 민들레 제비꽃 들, 그 조그맣고 기대에 찬 얼굴에 대고 조만간 잔디에 밀려 나갈 것이라고 나는 말해 줄 수 없다 그에 비하면 밀려날 걱정 없이 남의 뒤란에 걸린 계량기나 들여다보면서 늙는 것도 괜찮다 싶다가도 그래도 뭔가 좀 억울하고 섭섭해지는 기분에 설운 방게처럼 옆걸음질 치는데 명동성당 앞에는 엊그제 돌아가신 추기경님 추모 행렬이 끝도 없이 늘어서 있다 대통령 앞에서도 할 말 다 했다는 추기경님도 이 땅에서는 임시직이셨나, 그나저나 취업이 되더라도 일이 년은 기다려야 한다는데 그동

안은 앳된 얼굴의 저 민들레처럼 저 제비꽃처럼 내일 따윈 안중에도 없이 팔락거려도 될까

₩ $ € £ 元 …
$ € £ ₩ …

>>>

취업대란의 시대다. 고졸 취업률은 대졸 취업률보다 낮다. 설상가상 고졸 취업의 50퍼센트가 임시직이고 40퍼센트가 일용직이다. 여성의 경우는 더 열악하다. 명색이 여성대통령이 나왔고, 국회의원 및 장관을 비롯한 고위 공무원의 여성 비율이 15퍼센트에 가까운 나라임에도, 2013년 대졸 여성 고용률은 경제협력개발기구 회원국 33개국 중 최하위였고 여성 임시직 비율은 가장 높았다.

마트 직원, 식당 보조, 육아·가사 도우미, 학습지 방문교사……. 주부취업자의 월 평균 수입은 "백이십" 안팎이다. 생업 전선에 뛰어드는 전업주부들이 늘고 있지만, 육아와 살림으로 경력이 단절되었던 주부들에게 취업 시장은 거대한 장벽이다. 장벽을 넘었다 하더라도 고용 조건은 열악하다.

"봄이라고 이 땅에 뿌리를 박는 민들레 제비꽃" 등속은 사시사철 초록동색인 "잔디"와 생래적으로 다른 품종이다. 비정규직이 정규직과, 여성이 남성과, 기혼여성이 미혼여성과 생래적 취업 조건이 다르듯이. 야생 풀꽃은 잔디밭에 들어설 자리가 없다. "내일 따윈 안중에도 없이 팔락"거리는 '을'들이 그러하듯이. "밥 앞에서 보란 듯이 밥에게 밀린 인간"(〈밥이나 한번 먹자고 할 때〉)들이 그러하듯이.

돈

송경동

처 아버님은 빨치산이었다
3년을 산에서, 그리고 3년을
감옥에서 보내고 나왔다
평생 보안관찰로 고향에서도 살 수 없었고
수박등 장사 우산살 장사
안 해본 것 없다고 했다

결혼하겠다고 찾아뵌 첫날
노동자고 월세방에 살며
더더욱 생활을 돌이켜 반성할 마음이 없다 하자
노기 띤 음성으로
음, 돈이 있어야 하네 돈이, 하셨다
그때 정말 돈이 한푼도 없었다

하지만 그날 이후로 단 한번도
내게 돈 이야기 하시지 않았다
자신도 죽을 때까지 방 한칸 없어
셋째딸네 집에서 여섯 달 누웠다 가셨다
가끔 욕창이 난 등 긁어 주고
손 다리 주물러 드리면 마냥 행복해 하셨다

벽제 용미리 공동묘지에
봉분 없이 깨끗이 묻히셨다
십수 년이 흘러 나는 아직도 생활을 반성하지 않고
전문 시위꾼으로 집회현장을 쫓아다니지만
가끔 그의 어조로 아내에게 조심스레 말하곤 한다

조금은 돈이 있으면 좋겠다고

이젠 장인어른과 화해할 수 있을 것 같다

>>>

'삶과 시' 하면 그 시는 꽤 있어 보이고, '일상과 시' 해도 좀 있을 것 같아 보이는데, '생활과 시' 하면 그 시는 어쩐지 없어 보인다. 혁명이나 투쟁이라는 말도 마찬가지다. 그러기에 빨치산 장인어른이나, 전문시위꾼 시인 사위는 생활과 불화한다. 생활 속 돈은 무소불위 권력이다. 김수영의 시를 빌려 말하자면, 생활이 생활을 반성하지 않고 결혼과 월세방이 자신을 반성하지 않기에, 돈은 딴 데 있고 죽음은 예치지 않은 순간에 오고, 화해에 이르러서도 생활은 스스로를 반성하지 않는 것이다.

돈과 죽음 앞에서, 화해라는 이름으로, 생활과 결혼과 월세방이 스스로를 반성할 때까지 우리가 먼저 생활과 결혼과 월세방을 반성하지 않았으면 좋겠다. 우리가 먼저 반성하지 않고도 화해할 수 있었으면 좋겠다. 누구는 수단이 목적으로 상승한 가장 완벽한 예가 돈이라 했다. 세상이 '신을 위하여'에서 '돈을 위하여'로 바뀌었다고 개탄한 이가 있는가 하면, 돈은 모든 것의 축소판이라 규정한 이도 있다. 세상을 지배하고 삶의 의미와 방향을 결정하는 게 돈이다. 그 돈 앞에서 번번이 오그라들곤 하는 필부필부이기에 "음, 돈이 있어야 하"고, "조금은 돈이 있으면 좋겠"다. 뭐, '깨끗한' 죽음 앞에서야 있거나 없거나 똑같겠지만.

10000
5000
1000
50000
5000
10000
5000

출전 出典

ㄱ

가방 멘 사람,《뿔을 적시며》, 이상국, 창비, 2012

가을의 도박,《이기적인 슬픔을 위하여》, 김경미, 창비, 1995

각주脚註,《나의 칼 나의 피》, 김남주, 인동(실천문학), 1987

겉장이 나달나달했다,《거룩한 허기》, 전동균, 랜덤하우스, 2008

고춧값,《섬진강》, 김용택, 창비, 1999

광화문에서 프리허그를, 계간《시인수첩》(2013년 여름호), 강인한

귀여운 채귀債鬼 도화陶畵 1,《김상옥 시전집》, 김상옥, 창비, 2005

그날 우리는 우록에서 놀았다,《아, 입이 없는 것들》, 이성복, 문학과지성사, 2003

그녀가 처음, 느끼기 시작했다,《그녀가 처음, 느끼기 시작했다》, 김민정, 문학과지성사, 2009

김밥천국에서,《애인은 토막 난 순대처럼 운다》, 권혁웅, 창비, 2013

꽃피는 경마장,《눈물을 자르는 눈꺼풀처럼》, 함민복, 창비, 2013

ㄴ

내가 못 본 이야기를 해봐요,《침대를 타고 달렸어》, 신현림, 민음사, 2009

내 인생의 브레이크,《간장》, 하상만, 실천문학사, 2011

눈 묻은 손,《어두워진다는 것》, 나희덕, 창비, 2001

ㄷ

다보탑을 줍다,《다보탑을 줍다》, 유안진, 창비, 2004

대좌상면오백생對座相面伍百生,《박목월 시전집》, 박목월, 서문당, 1984

돈,《김수영 전집》, 김수영, 민음사, 1981

돈,《물미해안에서 보내는 편지》, 고두현, 랜덤하우스, 2005

돈, 《사소한 물음에 답함》, 송경동, 창비, 2009
돈, 계간 《시평-청색 사람》(2009년 봄호), 박용하
땅, 《외롭고 높고 쓸쓸한》, 안도현, 문학동네, 2008
땅멀미, 《우두커니》, 박형권, 실천문학사, 2009

ㅁ

만 원짜리 혀, 《상가에 모인 구두들》, 유홍준, 실천문학사, 2004
모든 순간이 꽃봉오리인 것을, 《정현종 시전집》, 정현종, 문학과지성사, 1999
목돈, 《미소는, 어디로 가시려는가》, 장석남, 문학과지성사, 2005
무산 심우도霧山尋牛圖 10. 입전수수入廛垂手, 《산에 사는 날에》, 무산 조오현, 태학사, 2000

ㅂ

밥값, 《밥값》, 정호승, 창비, 2010
벚나무 실업률, 《목련전차》, 손택수, 창비, 2006
복권 한 장 젖는 저녁, 《그 바람을 다 걸어야 한다》, 신용목, 문학과지성사, 2004
본전 생각, 《호루라기》, 최영철, 문학과지성사, 2006
봄밤, 《가만히 좋아하는》, 김사인, 창비, 2006
비 그치고 돈 갑니다, 《쓸쓸해서 머나먼》, 최승자, 문학과지성사, 2010

ㅅ

사랑의 동전 한 푼, 《김현승 시전집》, 김현승, 민음사, 2005
성공 시대, 《양귀비꽃 머리에 꽂고》, 문정희, 민음사, 2004

소금 시, 《당랑권 전성시대》, 윤성학, 창비, 2006
소릉조小陵調 70년 추석秋夕에, 《주막에서》, 천상병, 민음사, 1995
술값은 누가 내?, 《지도에 없는 집》, 곽효환, 문학과지성사, 2010
습관, 계간 《문학청춘》,(2010년 여름호), 박성준
시詩 통장, 《나는 가끔 우두커니가 된다》, 천양희, 창비, 2011
싸락눈 내리어 눈썹 때리니, 《서정주 시전집》, 서정주, 민음사, 1983
쓰봉 속 십만원, 《조금 쓸쓸했던 생의 한때》, 권대웅, 문학동네, 2003

ㅇ

이런 이유, 《나의 무한한 혁명에게》, 김선우, 창비, 2012
아르바이트 소녀, 월간 《현대시》(2010년 5월호), 박후기
아버지, 《지상의 인간》, 박남철, 문학과지성사, 1984
옆집 가장, 《훗날 훗사람》, 이사라, 문학동네, 2013
와룡마을, 계간 《시로 여는 세상》(2013년 여름호), 노향림
외면, 《바람의 사생활》, 이병률, 창비, 2006
용병 이야기, 《못의 사회학》, 김종철, 문학수첩, 2013
우리 동네 나이트에서는요, 《터미널》, 이홍섭, 문학동네, 2011
원고료 어머니학교 11, 《어머니학교》, 이정록, 열림원, 2012
이방인, 《화창》, 김영승, 세계사, 2008

ㅈ

자동판매기, 《얼음의 자서전》, 최승호, 세계사, 2005
장편掌篇·2, 《김종삼 전집》, 김종삼, 나남출판, 2005
재회, 《한국대표시인 101인 선집》, 고은, 문학사상사, 2003
전어, 《잉어》, 김신용, 시인동네, 2013

쥐에 대한 우화2. 부자가 되는 법,《모여서 사는 것이 어디 갈대들뿐이랴》, 마종기, 문학과지성사, 1986
지하철의 기적, 계간《시인세계》(2013년 여름호), 원구식

ㅊ

추석 무렵, 계간《애지》(2006년 가을호), 맹문재
취업일기,《입술을 건너간 이름》, 문성해, 창비, 2012

ㅌ

타는 목마름으로,《바다호수》, 이시영, 문학동네, 2004

ㅍ

파안,《날랜 사랑》, 고재종, 창비, 2000
팝니다, 연락주세요,《새들의 역사》, 최금진, 창비, 2007
프란츠 카프카,《가끔은 주목받는 생生이고 싶다》, 오규원, 문학과지성사, 1987

ㅎ

한국생명보험회사 송일환씨의 어느 날,《새들도 세상을 뜨는구나》, 황지우, 문학과지성사, 1983
한 수 위,《따뜻한 외면》, 복효근, 실천문학사, 2013
희미한 옛사랑의 그림자,《우리를 적시는 마지막 꿈》, 김광규, 문학과지성사, 1982

돈詩

엮고 해설 정끝별

1판 1쇄 인쇄 2014년 10월 20일
1판 1쇄 발행 2014년 10월 30일

발행인 신혜경
발행처 마음의숲

대표 권대웅
편집 이현정
디자인 여만엽
마케팅 노근수 김보람

출판등록 2006년 8월 1일(105-91-03955)
주소 서울시 마포구 동교로 144-13(서교동, 2층)
전화 (02) 322-3164~5 | 팩스 (02) 322-3166
페이스북 facebook.com/mindbook
ISBN 978-89-92783-85-9(03810)

값은 뒤표지에 있습니다.